L'EXÉCUTEUR

POKER MENTEUR À NOGALES

DISPONIBLES DANS LA MEME COLLECTION

N° 177 : *Danger mortel à Mexico*
N° 180 : *Blitz éclair à Hollandia*
N° 183 : *Les démons du Pacifique*
N° 184 : *Carnage à Waco*
N° 185 : *Plein feu sur Barranquilla*
N° 188 : *Enchères mortelles à Aden*
N° 195 : *Traquenard à Tijuana*
N° 196 : *Razzia au Costa Rica*
N° 197 : *Echec et mat pour un pourri*
N° 198 : *Massacre à Miami*
N° 199 : *Les cokeros de Cochabamba*
N° 200 : *Mourir à Belize*
N° 201 : *Hallali à Cincinnati*
N° 202 : *Le Baiser de la Pieuvre*
N° 203 : *Mortel assaut sur San Diego*
N° 204 : *Le capo de Peshawar*
N° 205 : *Ultime conspiration*
N° 206 : *Frères de sang*
N° 207 : *Le jour du jugement*
N° 208 : *L'As noir de Washington*
N° 209 : *Les bouchers de l'Amazone*
N° 214 : *Les sables de l'Apocalypse*
N° 215 : *Chicago Connection*
N° 216 : *Chasse à l'homme à Houston*
N° 218 : *Marchands de mort*
N° 221 : *Le trésor de la mafia*
N° 225 : *Opération Salvamento*
N° 226 : *Feu d'enfer sur l'Arctique*
N° 228 : *Les diamants de la terreur*
N° 229 : *Le capo de Bornéo*
N° 230 : *Un bain de sang pour Sun Lee*
N° 231 : *Les milliards siciliens*
N° 232 : *Le tocsin argentin*
N° 233 : *Le blitz de Little Havana*
N° 234 : *Les mercenaires de la coke*
N° 235 : *Otage du cartel*
N° 236 : *L'ultime défi*
N° 237 : *Les vampires de Spider Mountain*
N° 238 : *Traque mortelle sur Pa'ahnui*
N° 239 : *Offshore Connection*
N° 240 : *Le Capo et le Monsignore*
N° 241 : *Légitime violence*
N° 242 : *Requiem pour un Monsignore*
N° 243 : *Une peste mafieuse*
N° 244 : *Sang pour sang à San Salvador*
N° 245 : *Les tueurs de Montanitas*
N° 246 : *Pluie de coke sur Ocean Beach*
N° 247 : *Coup de gong pour une triade*
N° 248 : *Sabrer n'est pas jouer*
N° 249 : *Panique à Reynosa*
N° 250 : *Charge sanglante sur Cienfuegos*
N° 251 : *Jackpot à Sun City*
N° 252 : *Boucherie en Colombie*
N° 253 : *Les prédateurs du Rio Grande*
N° 254 : *Entre les griffes du Dragon*
N° 255 : *Les commissionnaires de la mort*
N° 256 : *Main basse sur le Strip*
N° 257 : *Justice à tous les étages*
N° 258 : *Manipulations mortelles*
N° 259 : *Le sang du repenti*
N° 260 : *Le projet Firestorm*
N° 261 : *Sanglant El Dorado*
N° 262 : *Blitz sanglant sur Mazatlán*
N° 263 : *Massacre à Snohomish River*
N° 264 : *Du plomb pour une balance*
N° 265 : *La filière australienne*
N° 266 : *Poker mortel à Chicago*
N° 267 : *Le projet Carnivore*
N° 268 : *Justice mafieuse*
N° 269 : *Prière d'assassiner*
N° 270 : *Enfer de plomb sur l'Oregon*
N° 271 : *Passage en force*
N° 272 : *Narcos story/Traquenard à Tijuana*
N° 273 : *Assaut sur le cartel*
N° 274 : *Ouragan sur l'Adriatique*
N° 275 : *Sanglant anniversaire*
N° 276 : *Hécatombe mexicaine*
N° 277 : *L'évadé de Pelican Bay*
N° 278 : *Vodka glacée à Boston*
N° 279 : *Le revenant d'Atlantic City*
N° 280 : *Requiem pour mazepa*
N° 281 : *Pluie de sang sur San Juan*
N° 282 : *V comme vengeance*
N° 283 : *K.-O. sanglant à Philadelphie*
N° 284 : *Le Yakusa blanc*
N° 285 : *les cercueils de Cape Liberty*
N° 286 : *Les chiens de Piedras Negras*
N° 287 : *Le pourri des Highlands*
N° 287 : *Le pourri des Highlands*
N° 288 : *La marque du diable*
N° 289 : *Série noire pour cols blancs*
N° 290 : *A tombeau ouvert*
N° 291 : *Tuerie à Dayton*
N° 292 : *Fin de partie pour un mafieux*
N° 293 : *Saut d'enfer sur Las Vegas*
N° 294 : *Archives de sang*
N° 295 : *Nevada Story*
N° 296 : *Dans la peau d'un mafieux*
N° 297 : *Du sang sur la frontière*
N° 298 : *Zoulou Connection*
N° 299 : *Chaos à Vancouver*
N° 300 : *Le réseau Phénix*
N° 301 : *Les eaux froides d'Arkhangelsk*
N° 302 : *Piège de cendres à Fukushima*
N° 303 : *Le clan albanais*
N° 304 : *Massacre à Ciudad Juarez*
N° 305 : *Aller simple pour l'enfer*

DON PENDLETON

L'EXÉCUTEUR

POKER MENTEUR À NOGALES

*Cet ouvrage a été publié en langue anglaise
sous le titre*
RECOVERY FORCE

Traduction française de
ALAIN CHARTIER

La loi du 11 mars 1957 n'autorisant aux termes des alinéas 2 et 3 de l'article 41, d'une part, que *les copies ou reproductions strictement ré*servées à l'usage privé du copiste et non destinées à une utilisation collective, et, d'autre part, que les analyses et les courtes citations dans un but d'exemple ou d'illustration, *toute représentation ou reproduction intégrale ou partielle faite sans le consentement de l'auteur, ou de ses ayants droit ou ayants cause, est illicite* (alinéa 1er de l'article 40). Cette représentation ou reproduction, par quelque procédé que ce soit, constituerait donc une contrefaçon sanctionnée par les articles 425 et suivants du Code pénal.

Photo de couverture
© LUIS ALVAREZ/PHOTODISC/GETTY IMAGES

© 2010, Worldwide Library.
2013, Traduction française : GECEP/HUNTER
ISBN 978-2-2801-9554-6 — ISSN 0337-1182

PROLOGUE

Elle se réveilla en sursaut. Couverte de sueur.

Son cœur cognait dans sa poitrine ; elle suffoquait. Elle se concentra sur l'arrière de son crâne, sur cette douleur qui pulsait au rythme de son cœur. Dans l'état de semi-conscience où elle se trouvait, elle ne réalisa pas tout de suite qu'on lui avait lié les mains…

Elle n'arrivait pas à se rappeler ce qui s'était passé. Sa gorge était affreusement sèche. Sa langue semblait avoir doublé de volume. Elle avait envie de vomir mais elle réalisa que ce serait pire que tout. A cause du bâillon. Elle allait sûrement se noyer dans ses propres vomissures. Elle se fit une raison et ravala le tout.

Quatorze ans. Elle n'avait jamais été terrorisée à ce point. Il y avait peu de chances pour que ça se reproduise.

Alors elle se mit à penser à Dino Morena, son petit ami. Il avait deux ans de plus qu'elle. C'était un costaud, un athlète qui jouait au foot dans l'équipe junior. Lui aussi avait été surpris par l'arrivée de ces deux hommes qui semblaient tombés du ciel. Enfin, Anne-Elise pensait que c'était des hommes. Il lui semblait avoir aussi entendu une voix de femme. Il lui semblait aussi qu'ils parlaient une langue étrangère ? Probablement de l'espagnol. Elle n'en était pas sûre. Elle aurait dû être plus attentive. Ça aiderait sûrement les flics. Quand ils viendraient à leur secours.

Elle tourna la tête sur la droite, lentement, à cause de la douleur. Elle l'aperçut : le pauvre Dino était attaché sur une chaise. Son visage était couvert de sang.

Elle, quelqu'un l'avait frappée par-derrière. Violemment. C'est pour cela qu'elle avait si mal. Nom de Dieu, elle avait sûrement un traumatisme crânien ! Elle connaissait les risques, elle les avait étudiés dans les livres de son père. Un jour, elle serait médecin, comme lui.

Sa mère, avocate en vue à Scottsdale, lui avait bien dit de ne pas traîner à Phoenix sans un adulte. De toute façon ça n'aurait rien changé. Si les deux hommes étaient venus à bout d'un type comme Dino, ils auraient sûrement fait pareil avec un adulte.

Mais Anne-Elise n'eut plus besoin de s'interroger sur ses ravisseurs. L'un d'entre eux venait de surgir dans son champ de vision.

Elle leva les yeux. Il portait une sorte de masque. Tout ce qu'elle pouvait voir, c'est qu'il était gigantesque et qu'il avait les yeux noirs. Des yeux inexpressifs. Ils la considéraient sans aucune trace de pitié ou d'empathie. Et Anne-Elise se dit soudain qu'il pourrait très bien décider de lui faire encore plus mal.

Elle chassa cette idée. De toute évidence ils les avaient kidnappés pour obtenir une rançon. Ses parents avaient assez d'argent. Ils paieraient. Ils avaient aussi beaucoup d'amis. Scottsdale était connue pour la richesse de ses habitants. C'est ce qu'on disait au lycée, en tout cas.

L'homme la dévisagea un moment puis se tourna vers

Dino. Moitié choquée et moitié terrifiée, Anne-Elise le vit s'emparer d'un seau et projeter son contenu sur le garçon. Probablement de l'eau froide.

L'enculé !

Dino s'ébroua et émit un gémissement. L'homme attendait, les bras croisés. Anne-Elise l'entendit émettre un étrange grincement. Il se marrait.

Soudain, il se dirigea vers Dino, le détacha et le mit debout. Le garçon titubait comme un homme ivre. Anne-Elise se dit qu'il avait dû se défendre avec l'énergie du désespoir. Et qu'il avait pris une bonne raclée. Son Dino à elle ! Tout ça pour avoir essayé de la défendre.

Finalement, l'homme attrapa Dino par l'épaule et le poussa brutalement hors de son champ de vision. Elle se mit à hurler malgré le bâillon, le menaçant des pires représailles si jamais…

Elle ne savait pas si ses protestations avaient le moindre effet. Ses cris se transformèrent en sanglots lorsqu'elle entendit une série de chocs sourds. Comme s'ils étaient encore en train de battre Dino.

Pourquoi est-ce qu'ils s'acharnaient sur lui ? Il ne leur avait rien fait.

Puis ce fut de nouveau le silence. Puis des bruits de voix. Des voix en colère, des voix qui se disputaient.

C'était bien de l'espagnol.

Ensuite, il y eut le bruit d'une porte qu'on ouvre. L'homme réapparut dans son champ de vision. Il était de dos et tirait quelque chose de lourd qu'elle ne pouvait voir. Peut-être le corps inanimé de Dino. Mais peut-être pas. C'était peut-être juste un gros sac. L'homme le traînait sans ménagement.

Il ne lui accorda pas un regard, sortit et claqua la porte derrière lui. Anne-Elise sursauta.

Elle recommença à pleurer. Elle entendait à peine ses propres gémissements, étouffés par le bâillon.

CHAPITRE PREMIER

Bolan abaissa ses jumelles et fronça les sourcils. Trop calme.

Il retourna à sa voiture. Il s'était garé à un bloc de la villa où il soupçonnait le cartel de Sinaloa de détenir en otages une ado et son petit copain.

Le soleil cognait sur le pare-brise. Bolan grillait lentement. Il avait ouvert le toit et toutes les fenêtres pour essayer de faire un courant d'air. Mais il n'y avait pas le moindre souffle dans la région de Phoenix. Il restait donc immobile, ignorant la sueur qui dégoulinait sur tout son corps.

Le Guerrier avait l'air un peu déplacé.

Il s'était habillé comme un autochtone, short kaki et T-shirt large. Malgré cela, il avait l'air d'un idiot, assis dans sa voiture en plein cagnard. Heureusement, il n'y avait pas grand monde dans le quartier en cette fin de matinée. Ils devaient tous être au boulot ou en train de faire leurs courses. Bolan était là depuis 7 h 30 et il était presque 11 heures.

Il s'était contenté de surveiller la maison et les alentours. Les volets étaient fermés, tout ce qu'on voyait, c'était un 4x4 récent, couvert de poussière garé dans l'allée. Il inspecta une dernière fois la maison avec ses jumelles puis examina les photos des deux adolescents.

Les renseignements que l'Exécuteur avait pu réunir étaient incomplets. Mais il savait que c'était bien plus fiable que tout ce que la police de Phoenix aurait pu lui fournir. Le chaos s'était abattu sur Sun City, et personne ne savait quoi faire. La moitié du pays croyait les médias qui expliquaient que la hausse des enlèvements était due aux rivalités entre le cartel de Sinaloa et ceux du golfe du Mexique. L'autre moitié croyait qu'il s'agissait d'un délire de journalistes. Les plus pessimistes soulignaient que la recrudescence des enlèvements était due à l'espérance de fortes rançons. L'Arizona avait toujours attiré la bourgeoisie friquée.

Bolan pensait qu'il y avait un peu de vrai dans toutes ces hypothèses. Quoi qu'il en soit, l'heure était venue de mettre un terme à cette vague d'enlèvements. Avant que les choses n'échappent à tout contrôle. Et le meilleur moyen d'y mettre un point final, c'était de passer à l'attaque, ici et maintenant.

Bolan avait donc choisi de commencer par ces deux ados innocents.

Il rangea les photos et les jumelles. Il fit jouer la culasse de son .44 Magnum Desert Eagle. Ce flingue l'avait toujours bien servi. Il portait son éternel Beretta R-93 sous l'aisselle, dissimulé par son ample T-shirt. Il comptait principalement sur l'effet de surprise car la maison n'avait pas l'air d'être très surveillée. En plus, le cartel de Sinaloa semblait l'utiliser comme planque depuis pas mal de temps. Du coup, les occupants ne devaient pas être en alerte maximum. Ça en faisait une cible idéale pour quelqu'un comme l'Exécuteur.

Bolan posa le Magnum sur le siège du passager, démarra sa voiture de location et avança lentement. Lorsqu'il arriva au niveau de la maison, il mit pleins gaz, braqua brutalement et traversa la pelouse d'herbe jaunie. Il s'arrêta à quelques centimètres de la porte d'entrée et klaxonna avant de s'emparer de son arme.

Au bout de quelques secondes, la porte s'ouvrit sur un Mexicain trapu, son torse nu était couvert de tatouages. Il examina la voiture avec attention puis tourna la tête vers la droite. Trop tard. Bolan lui tomba dessus avant qu'il ait eu le temps de sortir son arme. Il le cueillit d'un coup de pied qui dut lui casser plusieurs côtes puis il lui cogna la tête sur le capot de sa voiture. Le type s'écroula.

Le Guerrier franchit la porte juste à temps pour voir un autre truand arriver dans le vestibule. L'homme tenait son flingue comme les gangsters, l'éjecteur vers le haut. Bolan brandit son Desert Eagle et appuya deux fois sur la détente. Le hasard joua en sa faveur. Le premier projectile fit voler l'arme de l'homme. Le second le cueillit en pleine poitrine. Le truand s'effondra sur le tapis

Un troisième tireur, armé d'un fusil à pompe, s'encadra dans la porte de la cuisine. Bolan plongea juste à temps et la première décharge creusa un énorme trou dans la cloison, juste derrière lui. Il roula sur lui-même et évita le second coup qui déchiqueta le tapis. Il acheva son mouvement sur un genou et se mit en position. Il ajusta sa cible et tira avant que l'homme ne puisse envoyer une troisième décharge. La balle pénétra par le côté gauche, traversa le cœur et ressortit par l'aisselle droite. L'impact projeta l'homme contre le mur. Son fusil rebondit sur le sol, rejoint par son propriétaire un battement de cœur plus tard.

Bolan balaya la pièce avec son arme. Lorsqu'il fut certain qu'il n'y avait plus de danger, il se releva, l'arme toujours braquée devant lui. Il explora le reste de la maison et finit par trouver une porte qui ouvrait sur un escalier qui menait à la cave.

Il poussa un soupir de soulagement en découvrant la fille, attachée à une table. Elle respirait et était consciente. Il vit aussi une masse indistincte affalée sur le sol. Il se précipita vers le corps inanimé du garçon et chercha son pouls. Rien. Son visage se durcit. Il se leva et s'approcha de la jeune fille.

— Tout va bien, dit-il aussi doucement que possible. Tout va bien. Je ne vais pas te faire de mal. Tu m'as compris ?

Elle hocha la tête. Ses yeux d'un bleu transparent étaient rougis par les larmes.

Bolan retira le bâillon et coupa ses liens avec son poignard, une version de poche des tantos de samouraïs. La fille tremblait et Bolan la regardait avec inquiétude. Heureusement, il était sur ses gardes. Seuls ses réflexes lui permirent d'éviter à ses baskets d'être souillées par les longs jets de vomi qu'elle projeta dans sa direction.

— Tu ne ressembles pas vraiment à ta photo de classe, lui fit remarquer Bolan.

Elle le regardait bizarrement pendant qu'il l'aidait à s'asseoir.

— Tu es bien plus jolie en vrai, ajouta le Guerrier en souriant. Anne-Elise, je présume ?

Elle acquiesça en s'essuyant la bouche.

— Dino ? Comment va Dino ?

Le Guerrier aurait préféré n'importe quelle autre question. Enfin, il ne pouvait pas repousser le sujet indéfiniment. Il devait lui dire la vérité. Aussi douloureux que ça puisse être.

— Je suis désolé, murmura-t-il. Il est mort.

Anne-Elise fixa Bolan un instant, puis elle poussa un cri déchirant et se jeta dans ses bras. Bolan décida qu'il était temps de se tirer. Il la souleva et grimpa l'escalier, abandonnant le corps de Dino sans un regard.

Une fois dehors, il l'attacha sur le siège avant de sa voiture.

Il démarra, recula jusqu'à la route et s'engagea prudemment dans la rue déserte. Il aurait pu démarrer sur les chapeaux de roues, mais il valait mieux rester discret. Il n'entendait pas de sirènes.

Donc, personne n'avait remarqué quoi que ce soit.

Tant mieux. Il avait besoin de temps. Il ne voulait pas avoir affaire avec la police pour le moment. Cela pourrait mettre son plan en danger.

Au Ranch, Hal Bologna et ses équipes avaient d'autres sujets de préoccupation. Il savait par Jack Grimaldi que toutes les Unités étaient en mission. Bolan pensa à tous les durs à cuire du Ranch. Il leur souhaita bien du plaisir.

Il avait donc décidé de se la jouer en solo. Comme toujours, ou presque.

Recroquevillée sur son siège, Anne-Elise pleurait. Bolan avait remonté la vitre pour qu'elle ne soit pas gênée par le vent. Elle ne disait rien et il respectait son silence. Il venait de la sauver d'une captivité longue et douloureuse. C'est ce qu'il faisait de mieux. Il laisserait les salamalecs à ceux qui aimaient ça.

Au bout de trente minutes, ils arrivèrent dans une banlieue tranquille et chic à l'ouest de Scottsdale. A la limite de Phoenix. Bolan gara sa voiture devant une luxueuse maison entourée de verdure.

Il sortit, ouvrit la portière et détacha la ceinture de sécurité. Il tendit la main à la jeune fille pour l'aider, mais elle l'ignora. Elle se dirigea aussitôt vers la maison. Soudain elle s'arrêta et se retourna vers Bolan qui la regardait, les bras croisés.

— Vas-y, rentre chez toi, ta famille t'attend.
— Vous...

Elle s'interrompit et se mordilla les lèvres. Elle respira profondément pour se donner du courage.

— Vous ne venez pas ?

Bolan fit signe que non.

— On va me poser des questions. Et je ne veux pas donner de réponses pour l'instant. Tu comprends ?
— C'est drôle. C'est drôle, mais je comprends.

Bolan lui fit un signe, remonta dans la voiture et s'éloigna.

Il retourna à son hôtel, prit une douche, enfila un pantalon en coton, et un T-shirt noir moulant. Il boucla son holster d'épaule avec son Beretta 93-R et enfila une chemise marron pour le dissimuler.

Il nettoya le Magnum et le rangea dans son sac. Puis, il consulta son fichier électronique et trouva l'adresse d'une pharmacie, dans le quartier ouest.

Il mémorisa l'adresse et rangea son sac de matériel sous le lit. Bolan mit le panonceau « ne pas déranger » sur sa porte et quitta l'hôtel.

En conduisant, l'Exécuteur fit le point. Il fallait agir en finesse. D'après ses renseignements, le cartel de Sinaloa utilisait cette pharmacie pour blanchir l'argent de la drogue. Vince Gagliardi, son contact à la D.E.A., en sous-marin dans une branche militaire du cartel, connue sous le nom de *Los Negros*, s'occupait de sa protection.

Gagliardi enfreignait toutes les règles en renseignant Bolan. Il avait infiltré les réseaux de distribution de drogue et se faisait passer pour un petit revendeur. Il avait monté un dossier sur *Los Negros* en travaillant pour *Los Zetas* qui appartenaient aux cartels du Golfe.

Lors d'un rendez-vous secret dans un café, Gagliardi avait dit à Bolan que, jusqu'à présent, la police de Phoenix n'avait pas réussi à réunir assez de preuves pour s'attaquer à la pharmacie.

— Et pourquoi ? demanda Bolan.

— *Los Negros* sont très bien organisés, répondit Gagliardi. Ils sont mobiles et bien équipés. En fait, quand l'armée mexicaine a descendu Osiel Cardonna en 2003, le cartel de Sinaloa s'est dit qu'il pouvait prendre le contrôle de la région de Nuevo Laredo. Mais ça, tu le sais déjà.

Bolan acquiesça. Nuevo Laredo avait toujours été un objectif majeur dans la guerre entre le cartel de Sinaloa et les cartels du Golfe. La région était une plaque tournante. Presque la moitié de la dope exportée vers les Etats-Unis depuis le Mexique passait par là. Le surnom de la ville, *La Puerta a Mexico*, La Porte du Mexique, paraissait presque ironique. C'était exactement ce qu'elle était devenue pour les trafiquants : une porte grande ouverte vers les U.S.A.

— Bon, tout le monde sait que c'est Edgar Valdez Villareal qui dirige *Los Negros*. Mais celui qui tire les ficelles ici, à Phoenix, c'est un certain Hector Casco. Personne ne le connaît sous ce nom, sauf ses lieutenants et quelques flics. Mais je suis suis sûr que c'est lui.

Gagliardi sortit discrètement une chemise cartonnée et alluma une cigarette pendant que Bolan feuilletait les divers documents qu'elle contenait.

— C'est une copie de son dossier, avec tous les trucs que j'ai pu trouver dans nos ordinateurs. Ça a été vraiment coton de rassembler tout ça parce que c'est une affaire en cours et que je n'ai pas accès à tout.

— Bien joué, dit Bolan.

L'agent de la D.E.A. avait pris de gros risques. Il risquait à la fois sa carrière et sa peau. Si les cartels du Golfe l'avaient fait suivre, il n'aurait pas survécu plus d'une dizaine d'heures après ce rendez-vous. Et ce n'était rien à côté de ce qui l'attendait si les agents de la D.E.A. s'apercevaient qu'il renseignait un ami. Un franc-tireur qui plus est. L'Exécuteur avait conscience de tout ça.

— Qu'est-ce que tu sais sur Casco ?

Gagliardi haussa les épaules.

— Je ne suis sûr de rien, mais il me semble qu'il veut prendre le contrôle de ce côté de la frontière. Il veut peut-être même voler de ses propres ailes.

— Ça serait logique. Si Casco prenait le contrôle du pipeline qui va de Nogales à Phoenix, il aurait autant de pouvoir que ceux de Nuevo Laredo.

— C'est juste, dit Gagliardi. Mais le Groupe de Lutte contre les Enlèvements de la police de Phoenix a finalement obtenu des informations sur la pharmacie.

On dit qu'il va y avoir une réunion au sommet. Et le G.I.E. a prévu de s'en mêler. On dit même que Casco sera là en personne.

— Ah oui ? Et pourquoi une telle réunion ? demanda Bolan. Si tes tuyaux sont bons, ils doivent avoir une bonne raison pour prendre un tel risque.

— Pourquoi ? Je n'en sais rien, répliqua Gagliardi. Mais mes tuyaux viennent de haut. Je serais vraiment surpris si c'était de l'intox.

Bolan acquiesça. Compte tenu des risques pris par Gagliardi, il ne pouvait mettre ses renseignements en doute. C'était aussi assez logique. Casco voulait affirmer son pouvoir. Il voulait une plus grosse part du gâteau. C'était suffisant pour l'amener à sortir de son trou. Tout ce que Bolan pouvait faire pour l'instant, c'était d'observer discrètement et de voir comment les choses tourneraient.

Maintenant qu'il avait sauvé Anne-Elise Mac Cormack, Bolan se disait qu'il était temps de pousser ses pions. En ce moment, la police devait avoir investi la maison des ravisseurs, sans parler de celles des Mac Cormack et des Montera. Ça lui laissait un peu de liberté pour vérifier les renseignements de Gagliardi.

Bolan gara sa voiture sur le parking d'un fast-food, juste en face de la pharmacie. Il entra dans le restaurant, s'assit et demanda un sandwich. En attendant sa commande, il observa la façade. L'endroit était parfaitement anonyme, sans signes distinctifs, à l'exception de deux grands stores rayés qui abritaient les deux vitrines. Cet aspect démodé semblait déplacé dans ce quartier chic. L'endroit ressemblait à n'importe quel drugstore, tiré d'une peinture de Norman Rockwell.

Soudain, le regard de Bolan fut attiré par un éclair métallique au sommet d'un immeuble de trois étages, de l'autre côté de la rue. Il fixa le toit avec attention. La serveuse apporta son sandwich. Elle fit bouffer ses cheveux blonds et claquer son chewing-gum.

— Tu veux autre chose, mon chou ?

Alors qu'il allait lui répondre, Bolan repéra un autre tireur sur le toit. Et trois de plus au niveau de la rue.

— Il y a une cabine téléphonique quelque part ? demanda Bolan.

— Derrière le resto.

Bolan lui tendit un billet de dix et se leva.

— Gardez tout.

— Eh bien, dit la serveuse d'un air moqueur. Un dollar vingt-cinq. Merci, mon prince. Et votre sandwich ?

Mais Bolan était déjà sorti et se dirigeait vers l'arrière du fast-food. Il aurait pu appeler avec son portable, mais une cabine serait plus sûre pour Gagliardi. Si jamais il était sur écoute, ça serait plus difficile de remonter l'appel.

Gagliardi décrocha à la première sonnerie.

— Ouais

— C'est moi, dit Bolan. Tu peux parler ?

— Ouais. Qu'est-ce qu'il y a ?

— Tu as bien dit que Casco devait être là pour cette réunion ?

— Ouais.

— Tu sais à quelle heure ça doit avoir lieu ?

— Non. Tout ce que je sais, c'est que ça doit être aujourd'hui.

— Tu peux contacter le chef du G.I.E. ?

— Non plus, mais j'ai son nom.

— Qui est-ce ?
— Le capitaine Joseph Halls. Pourquoi ?
— Je crois que lui et ses hommes vont tomber dans un piège, répondit Bolan.

CHAPITRE II

L'Exécuteur avait à peine fini sa phrase qu'il entendit des crissements de pneus sur le bitume.

Il prit rapidement congé de Gagliardi, longea le bâtiment et jeta un œil dans la rue. Deux véhicules banalisés s'étaient rangés sur le trottoir. D'autres véhicules de la police bloquaient les intersections. Un grand panier à salade manœuvrait lentement. Sans doute pour embarquer d'éventuels prisonniers.

Bolan sortit son Beretta et se rua le long du fast-food jusqu'à ce qu'il aperçoive le premier sniper sur le toit. Le Guerrier ne disposait que de quelques secondes pour le descendre avant qu'il ne se mette à tirer sur les flics.

Il régla son Beretta sur courtes rafales, visa la silhouette qui dépassait à peine du parapet et appuya sur la détente. Trois balles de 9 mm Parabellum s'envolèrent vers leur cible. Le premier projectile rata la cible. Les deux suivants touchèrent le sniper en pleine tête. L'homme disparut dans une gerbe de sang.

Bolan chercha du regard le second sniper, mais il avait disparu. Ou bien il avait repéré Bolan, ou bien il était allé prévenir ses complices de l'arrivée de la police. Il reporta son attention sur les trois hommes dans la rue. L'un d'entre eux, armé d'un fusil d'assaut, s'était abrité derrière la porte d'un 4x4 noir. Bolan ne pouvait pas voir son arme, tant pis. Le tireur n'avait qu'une option, s'il avait le cran de tirer sur des flics, en plein jour dans une rue animée. Et il avait sûrement assez de cran…

Bolan n'avait pas l'intention de le laisser faire. Il se rua vers les flics qui s'étaient regroupés devant la porte de la pharmacie pour donner l'assaut. Bolan leva son arme et lâcha une première rafale en courant.

Il atteignit le trottoir et tira deux autres rafales. Son tir manquait de précision, mais il suffit à perturber l'homme au fusil d'assaut.

Les détonations claquèrent et les projectiles passèrent largement au-dessus des flics.

Bolan bondit sur le trottoir et rechargea son arme. Il visa un flic aux cheveux blancs vêtu d'un gilet pare-balles en kevlar. L'impact projeta le vieux flic contre un de ses collègues. Les deux hommes s'écroulèrent juste au moment où une nouvelle rafale déchiquetait le mur derrière eux. Bolan ignora les cris des flics, qui essayaient de le mettre en joue au lieu de se disperser et de se mettre à couvert derrière le panier à salade.

Bolan contourna le fourgon et se rua vers l'homme au fusil. Il ne l'avait pas encore vu. Il alignait les flics qui eux l'avaient repéré et lui répondaient. Du coup, Bolan put s'approcher sans être remarqué. Quand l'homme s'aperçut de son erreur, c'était trop tard. Bolan était sur lui, il ne pouvait plus le manquer. Et il fit mouche.

La rafale explosa sa poitrine. Les balles déchiquetèrent joyeusement le cœur, les côtes et les artères. L'homme, un garçon d'une vingtaine d'années, laissa tomber son fusil, reculant sous les impacts. Il s'écroula et mourut.

Au même moment, les flics réalisèrent que Bolan n'en avait pas après *eux*. Et que leurs véritables ennemis, c'étaient ceux qui leur avaient tendu une embuscade. Ils réalisèrent aussi que l'Exécuteur était en fait en train de faire leur job.

Bolan ajusta le troisième homme et lâcha une autre rafale. Le tueur fut projeté contre le mur et vida son chargeur dans les nuages. Il s'écroula lentement, presque au ralenti. Ses yeux béants ne voyaient plus le ciel.

Le quatrième tireur évalua ses chances. Il se rendit compte qu'il ne pourrait pas avoir le dessus ni sur les flics ni sur Bolan. Il décida de tenter le coup avec l'Exécuteur. Il pensait qu'il pouvait l'avoir. Qu'il avait les couilles pour ça. Il brandit un mini-Uzi démodé et se mit à tirer au jugé en direction de l'Exécuteur. Celui-ci se mit à couvert en priant pour qu'aucun innocent ne soit abattu.

L'homme du cartel, lui, n'aurait plus l'occasion de tuer qui que ce soit.

Soudain, le corps du pourri se mit à danser comme un automate. Les flics s'étaient ressaisis et, pris d'une furie destructrice, une bonne demi-douzaine d'entre eux vidaient leurs chargeurs consciencieusement. L'homme se cassa en deux, comme pour saluer, et s'écroula.

Bolan se faufila jusqu'au coin de la rue et piqua un sprint.

Il fallait qu'il se planque un moment. Il viendrait récupérer sa voiture plus tard. Il fallait aussi qu'il prenne contact avec Joseph Halls… mais quand il serait prêt. Pour l'instant, tout ce que les flics feraient, serait de l'arrêter. Et il n'avait pas le temps de passer les vingt-quatre prochaines heures en garde à vue. Il avait encore pas mal de trucs à faire, ici, à Phoenix.

La mission qu'il s'était donnée ne faisait que commencer.

Joe Halls, capitaine du G.I.E., contemplait l'amoncellement de corps, au beau milieu de la rue, en plein centre-ville de Phoenix. Il fulminait.

C'était sa ville ! Pas celle d'un mystérieux étranger qui, non content de lui sauver la mise, à lui et à ses hommes, s'était permis de se volatiliser. Le raid contre la pharmacie n'avait pas tourné comme prévu. Il y avait quatre cadavres. Joe Halls était sûr qu'ils appartenaient soit à un gang local soit au cartel. Malgré ce bordel, ils avaient capturé tout le personnel de l'officine. Trois employés et le directeur. Mais ils ne pourraient rien en tirer. Il n'avait aucune preuve contre eux. Quant à ceux qu'on aurait pu forcer à parler, les tueurs, ils étaient tous morts.

Immobile, le capitaine contemplait un des cadavres quand le sergent Larry Murach s'approcha.

Le légiste était arrivé et s'était enfin occupé de faire recouvrir les corps. Halls n'en avait rien à foutre qu'on protège leur dignité… Les morts étaient morts. Mais c'était mieux, à cause des badauds. Une foule s'était formée à la limite des barrières. Les flics en uniforme essayaient de la contenir, en même temps qu'une meute de journalistes.

— Qu'est-ce qu'on a, Murach ? demanda le capitaine sans quitter le cadavre des yeux.

— Pas grand-chose, répondit l'autre en feuilletant ses maigres notes sur un carnet. Tous les quatre appartiennent à des gangs organisés. Deux d'entre eux portent des tatouages caractéristiques des *Negros*. C'est tout.

— Des témoins ?

— Personne n'arrive à se rappeler ce qui s'est passé. J'imagine que quand ils ont vu les tueurs, ils ont tous mis les voiles.

Et le seul type qui avait été assez malin pour tout comprendre leur avait filé entre les pattes, pensa Halls.

— Et sur notre mystérieux bonhomme ?

— J'ai été au fast-food en face. La serveuse dit qu'un gars est arrivé quelques minutes avant la fusillade. Elle dit aussi qu'il a commandé un sandwich et qu'il est parti sans y toucher.

Halls se tourna vers Murach.

— Pourquoi ?

— Elle n'est pas sûre, répondit Murach avec un haussement d'épaule. Elle dit que quand elle lui a apporté sa commande, il a demandé s'il y avait une cabine téléphonique. Et il a filé. Il a payé son sandwich, mais apparemment il a été très généreux en pourboire.

— Elle t'a fait une description ?

Murach referma son carnet.

— Grand, les cheveux noirs. C'est tout.

— Ça, j'aurais pu te le dire.

— C'est pas ma faute. Tout ce qu'elle faisait, c'est de flasher sur le mec. C'est tout ce qui l'intéressait.

Et maintenant c'était Murach qui rouspétait après la serveuse.

— Tu as son nom et son adresse au moins ?

— Ouais.

Halls se tourna vers le corps.

— J'irai, mais plus tard. Vois si tu peux en tirer quelque chose de plus. Il faut aussi nettoyer tout ça le plus vite possible.

Bolan franchit les portes de verre du G.I.E. accompagné d'une policière en uniforme.

Ils entrèrent dans une vaste salle déserte, à l'exception d'un agent en civil, assis derrière un bureau. Il les jaugea du regard avant de retourner à son journal. La fliquette conduisit Bolan jusqu'à un bureau et frappa à la porte. Une voix étouffée répondit et elle ouvrit.

— Capitaine, il y a quelqu'un qui veut vous voir.

— Qui est-ce ? répondit la voix avec impatience.

— Il dit qu'il s'appelle Cooper. Et qu'il a des informations sur la fusillade de ce matin.

— Dites à Murach de s'en occuper.

— Murach est sorti, capitaine, dit-elle avec inquiétude.

— Nom de Dieu c'est…, l'homme s'interrompit. O.K., faites-le entrer !

La policière s'effaça avec un sourire crispé et fit signe à Bolan.

Bolan lui rendit son sourire et pénétra dans la pièce. La femme referma la porte. L'homme qui se leva pour accueillir le visiteur avait l'air petit à côté de lui. Bolan reconnut immédiatement l'homme qu'il avait sauvé le matin même. Il se demanda si c'était le capitaine Halls. En tout cas, c'est ce que laissait supposer le nom peint sur la porte du bureau.

Le type s'approcha et serra la main de Bolan. Halls

le regardait fixement et Bolan retint son souffle. Mais le policier ne semblait pas le reconnaître.

— Asseyez-vous, dit Halls.

Bolan se laissa tomber sur une chaise. Halls retourna s'asseoir derrière son bureau en rajustant sa cravate.

— Donc, vous avez des informations sur ce qui s'est passé ce matin ?

— Disons plutôt que j'y ai participé activement, répliqua Bolan.

Halls planta ses yeux dans ceux du Guerrier. Soudain, il y eut comme un éclair dans son regard de flic et tout son corps se raidit.

Bolan leva la main.

— Du calme, Halls, je ne suis pas venu chercher les ennuis.

— Alors vous n'auriez pas dû entrer dans ce bureau.

Bolan restait impassible.

Halls enchaîna.

— Vous avez conscience que, je peux vous faire arrêter immédiatement si j'ai le moindre doute sur votre rôle dans les événements de ce matin ?

— Vous avez conscience que sans moi, votre femme serait veuve, et vos enfants orphelins ? répliqua Bolan.

— C'est pour cette raison que vous n'avez pas encore été envoyé en cellule.

— Mais vous ne ferez pas ça.

— Et pourquoi ?

— Parce que nous jouons dans le même camp.

— Qu'est-ce que ça veut dire ? Vous êtes flic ?

— Presque…

— Vous travaillez pour le gouvernement ?

— Parfois.

Hal sourit et se recula légèrement. Il n'avait pas baissé la garde pour autant, pensa Bolan. Il avait certainement une arme à portée de main.

— Alors vous avez sûrement un moyen de prouver votre identité. Une accréditation du F.B.I. ou du ministère de la Justice ?

Bolan sourit.

— Nous allons faire comme si je disais la vérité. Donnez-moi cinq minutes. Après, vous ferez ce que vous voudrez.

— Pourquoi je ferais ça ?

— Parce que vous avez compris que la réunion de ce matin était un leurre, répondit Bolan. Le cartel de Sinaloa vous a tendu un piège et vous avez foncé droit dedans. Si je n'étais pas intervenu, vous seriez tous morts à l'heure qu'il est. Ça suffit comme raison ?

Halls resta silencieux un moment.

— D'accord... Cinq minutes...

Bolan enchaîna.

— Hector Casco n'avait pas l'intention de se pointer à cette réunion. A mon avis, il n'y avait même pas de réunion. Je suis arrivé avant vous et j'ai repéré cinq tireurs. Deux sur le toit et trois dans la rue.

— C'était vous dans le fast-food ?

Bola acquiesça.

— Ben ! vous avez tapé dans l'œil de la serveuse ! se moqua Halls en se grattant le cou.

Il sourit et ajouta :

— Et vous avez l'intention de me dire comment vous savez tout ça sur ce Casco ?

— J'ai mes sources, répondit Bolan. C'est là que j'appelais quand vous êtes arrivés. Mon contact m'avait dit que ce tuyau sur cette réunion, c'est ce que vous aviez eu de plus solide depuis un bout de temps. Je me suis douté que vous tenteriez quelque chose. C'est exactement ce que voulait Casco.

— Vous n'avez pas répondu à ma question, dit Halls. Qu'est-ce que vous savez vraiment ?

— Pas mal de trucs. Casco veut prendre le contrôle du pipeline de Nogales. Il ne veut pas d'associés et il ne veut pas partager non plus.

— Quelle est votre opinion, Cooper ?

— Vous allez rapidement être dépassés. Prenez l'enlèvement d'Anne-Elise McCormack. Ce n'était pas pour le fric.

— Et pourquoi pas ? demanda Halls. C'était vous aussi dans cette maison ?

— Le jeune Montera était déjà mort quand je suis arrivé. J'ai descendu les ravisseurs et j'ai ramené la gosse chez elle.

— C'est une sacrée gamine, dit Halls. Chaque fois que le F.B.I. lui a demandé des précisions sur son sauveur, elle s'est mise à pleurer et dit qu'elle ne se souvenait de rien.

— C'est sa façon de me dire merci, dit Bolan. Bon ! Casco veut prendre le contrôle du trafic dans cette zone. La température va grimper à toute vitesse entre lui et ses concurrents. Avant d'avoir dit ouf, ça sera la guerre entre *Los Negros* et *Los Zetas*. Vous avez pu voir ce matin qu'ils ne se soucient pas tellement des passants innocents.

— Qu'est-ce que vous proposez ?

— Là, maintenant ? Un partenariat, dit Bolan. Vous

jouez votre partie, et moi de mon côté je vous communique ce que je trouve et qui peut vous intéresser.

— Il faut encore que ces renseignements soient utiles. Des gens prêts à dénoncer père et mère pour quelques dollars, j'en ai plein les poches.

— Vous verrez, ça sera bien mieux que ça, affirma Bolan. Vous pouvez être tranquille.

— Vous ne m'avez toujours pas dit pourquoi je devrais travailler avec vous, dit Halls. Ni même pourquoi je devrais vous croire. Vous pourriez très bien travailler pour ce Casco dont vous parlez.

— Il y a combien d'hommes dans votre unité? Peut-être cent cinquante? demanda calmement Bolan.

— A peu près.

— Donc, vous n'avez pas les moyens de refuser ma proposition.

— Mais comment est-ce que je peux savoir si vous êtes réglo?

— Ce matin, j'aurais pu vous laisser mourir, répondit Bolan. J'aurais pu rentrer chez moi et vous laisser aller vers votre destin.

— Qu'est-ce que ça prouve?

— Ecoutez-moi bien, Halls. Ce matin je vous ai tendu une perche. Et je recommence ce soir. La question est de savoir si vous êtes assez malin pour l'attraper. Je vous ai sauvé, vous et les hommes dont vous aviez la charge. Si ça ne suffit pas... Vous allez avoir une vraie guerre, ici, à Phoenix. Peut-être que je n'y peux rien, mais il est possible que je puisse l'étouffer avant qu'elle n'éclate. Ça vous permettra de respirer un peu. Et si vous arrivez à faire tomber Casco...

Halls le regardait silencieusement et Bolan le laissa

réfléchir. Il le comprenait mais n'avait pas de temps à perdre. Si Halls n'avalait pas l'appât et l'hameçon, il risquait de finir dans une cellule. Il avait pris un gros risque. Comme d'habitude, le Guerrier avait agi à l'instinct.

Halls et ses hommes n'arrivaient à rien dans cette affaire. Si Bolan disait vrai, s'il était capable de faire ce qu'il disait, ça serait sûrement bon pour sa carrière de flic arriviste. Cette idée devait lui trotter dans la tête. Avec le temps, Bolan était devenu un fin connaisseur de l'âme humaine. Et son instinct lui disait que Halls allait accepter le deal.

Comme d'habitude, son instinct ne se trompait pas.

— O.K., Cooper, reprit Halls. On va la jouer à votre manière. On commence par quoi ?

Il se tut quelques instants, puis ajouta :

— Mais si vous me plantez…

CHAPITRE III

L'Exécuteur examinait les alentours, l'œil rivé à la lunette de son sniper PSG-1.

La nuit était tombée sur Nogales depuis plusieurs heures et Bolan sentait la fatigue envahir son corps. Malgré cela, son esprit restait en alerte. Il aurait tout le temps de se reposer plus tard. C'est toujours ce qu'il se disait dans les moments critiques. Pour l'instant il devait rester au top.

La vie d'une poignée de jeunes femmes en dépendait.

Les filles en question travaillaient dans un club qui appartenait aux *Negros*.

En entendant ce nom, *Los Negros*, la plupart des gens croyaient qu'il désignait les métis afro-latinos qui cherchaient alors à être reconnus comme le troisième groupe ethnique du Mexique. Le pays n'était devenu une société multiculturelle que dans les années 1990, pour plaire aux Américains.

La plupart des gens ne pensaient pas aux autres *Negros*, le groupe mafieux qui avait kidnappé, tué et semé la terreur dans tout le sud-ouest des Etats-Unis. Malgré les succès remportés par la D.E.A. en 2009, le combat continuait. Les organisations comme *Los Negros* renaissaient toujours, comme les hydres qu'elles étaient.

Et justement, Bolan avait un cadeau spécial pour l'hydre. Un cadeau qu'elle n'oublierait pas de sitôt. Il avait un plan. Et la première étape de ce plan commençait là, couché sous une bâche, sur le plateau d'un pick-up avec son PSG-1. Ça n'avait pas été simple de trouver un endroit pour lancer son attaque et profiter de l'effet de surprise. De là où il se trouvait maintenant, le Guerrier avait une vue parfaite sur l'entrée du club.

Au début, Halls avait accueilli fraîchement le plan de Bolan pour harceler *Los Negros*. Mais il avait fini par entendre raison. Bolan l'avait convaincu en mettant en évidence tous les avantages qu'ils pourraient en retirer. C'était la seule façon de contrarier les plans d'Hector Casco et de l'empêcher de s'établir à Phoenix. D'autant que personne ne savait qui se cachait derrière ce nom totalement inconnu. Et puis, déclencher la mort et le chaos, c'était ce que l'Exécuteur faisait le mieux.

Bolan transpirait dans sa sinistre combinaison noire. Il régla sa lunette à infrarouge et regarda sa montre. Il était 2 h 30 et le club était presque vide. Quelques traînards quittaient encore le night-club — des hommes seuls et quelques couples — mais pas les cibles qu'il attendait. Bolan essuya la sueur qui dégoulinait sur ses yeux et se dit que son attente risquait d'être longue.

La double porte du night-club brillait à la lumière des lampadaires.

Elle s'ouvrit brusquement et les trois VIP que Bolan attendait sortirent enfin dans l'air poisseux de la nuit mexicaine. Tous les trois étaient vêtus de costumes tape-à-l'œil. Ils étaient accompagnés d'une demi-douzaine de gardes du corps entièrement vêtus de noir. Ils avaient aussi une femme à chaque bras.

C'était l'occasion que Bolan attendait.

Il identifia un des hommes à travers sa lunette de visée nocturne.

Le *PräzisionsSchorfschützenGewher*-1 de Heckler et Koch était chargé avec du 7.62x51 mm. Vélocité : plus de 2800 pieds seconde. A moins de 50 mètres de sa cible, Bolan était sûr de faire mouche.

Le bruit du premier coup de feu résonnait encore dans la cabine du pick-up que Bolan était déjà en train d'ajuster sa deuxième cible. Il ne lui fallut qu'une seconde pour ajuster son tir et descendre le deuxième homme. Les gardes du corps réagirent avec enthousiasme. Malheureusement pour eux ils étaient parfaitement inefficaces.

Pendant qu'ils se déployaient en sortant leurs armes, Bolan ajusta calmement sa troisième et dernière cible. La balle l'atteignit au milieu du front, dispersant son crâne et sa cervelle alentour. L'homme pivota plusieurs fois sur lui-même comme une ballerine ivre, avant de s'effondrer.

Bolan rangea son fusil et ouvrit le hayon du pick-up d'un coup de pied. Il se laissa glisser sur le sol et se mit au volant. Il lança le puissant F-350 et démarra en trombe. Dans son rétroviseur, il vit avec satisfaction que les gardes du corps se dirigeaient vers une autre voiture.

Bolan prit la première rue à gauche, laissa passer deux blocs et retourna à gauche. Il continua, dépassa la première rue qui passait au-dessus du club, puis la deuxième et tourna de nouveau à gauche.

La dernière chose à laquelle s'attendaient les hommes des *Negros*, c'était qu'il revienne sur scène. Sans parler de l'essaim de voitures de la police de Nogales qui n'allait pas tarder à surgir.

Bolan tourna le coin de la rue. Deux des pistoleros étaient assis sur le bord du trottoir, leurs armes pendantes au bout de leurs bras. Ils avaient l'air sous le choc. Bolan fonça sur eux et s'arrêta dans un crissement de pneus juste en face des deux hommes. Il prit le MP-5 qu'il avait posé sur le siège passager et balança une rafale par la fenêtre.

Les deux hommes n'eurent pas le temps de se poser de questions. Les balles découpèrent littéralement le premier et décapitèrent le deuxième.

Cinq jeunes femmes tentaient de se protéger du mieux possible. Bolan les appela et leur fit signe de monter dans le 4x4.

— Venez, leur ordonna-t-il.

La plus jeune de la bande, complètement terrorisée, se mit à hurler.

— Pas question, mec. Je ne vais nulle part !

Elle se mit à bégayer un chapelet de malédictions et d'insultes.

Les quatre autres, qui avaient commencé à se diriger vers le pick-up, hésitaient. Bolan savait qu'il devait agir vite. Il abaissa son MP-5 et leur tendit la main.

— Ecoutez, je ne vous veux pas de mal. Je veux juste vous ramener chez vous.

— Je n'ai pas de chez moi, dit la plus jeune en tremblant.

— D'accord, dit doucement Bolan. Alors dis-moi où tu veux aller, un endroit où tu te sens en sécurité.

Mais nous devons nous tirer vite fait. Ces hommes vous ont maltraitées. Maintenant, c'est fini.

— Ah oui ? interrompit une des filles. Et qu'est-ce ce que tu voudras en échange ?

Bolan baissa la voix.

— Rien du tout. Je veux juste vous tirer de là. Ces mecs sont des salauds, ils auraient fini par vous tuer. Je veux vous donner une seconde chance. Vous devez me faire confiance. Sinon, vous pouvez toujours attendre leurs complices quand ils reviendront pour trouver des témoins de tout ce bordel.

Cela sembla les convaincre, à part une. Bolan fit une dernière tentative mais la fille s'enfuit en courant. C'était impressionnant de la voir courir aussi vite avec des talons aussi hauts. Bolan hocha la tête et aida les autres filles à monter dans le pick-up. Quand tout le monde fut installé, il remonta dans la cabine et démarra.

— C'est ça que vous appelez « chercher des informations » !

Bolan écarta le téléphone de son oreille.

— Halls, je vous avais prévenu que ça serait sans doute un peu énergique.

— Energique, comme vous dites. J'ai tout un lot de cadavres sur les bras. Et fort peu de réponses à mes questions. Cooper, les politicards sont tous accrochés à mes basques. Du maire au chef des Opérations Spéciales. Il y a même un représentant du gouverneur qui s'est pointé ce matin. Bordel ! Je croyais qu'on avait passé un marché.

— C'est vrai, répliqua Bolan. Et je m'y tiens.

— Et maintenant ?

— Je remarque que vous parlez des cadavres mais que vous ne faites pas mention des quatre types que vous avez cravatés.

— Ils ne me servent à rien.

Bolan fit claquer sa langue.

— Ce que vous faites dans vos commissariats ne me regarde pas. J'ai fait ce que j'avais promis, alors cessez de vous plaindre.

Il y eut un long silence. Bolan détestait remettre les flics à leur place, mais il n'avait pas le temps de s'amuser. Il avait respecté sa part du marché et maintenant il avait besoin de l'aide de Halls.

— Vous me demandez de détourner les yeux alors que vous déclenchez une véritable guerre.

— J'essaye d'éteindre l'incendie, pas de l'allumer. Les *Negros* ne vont pas laisser tomber. Pas plus que les *Zetas* à Nuevo Laredo. En ce moment, Hector Casco doit saturer les réseaux de téléphone pour comprendre ce qui s'est passé. A vous de jouer. Je sais que vous surveillez plusieurs de leurs planques.

Halls gloussa.

— J'aimerais vraiment savoir d'où vous tenez vos renseignements. Vous en savez autant que moi et mes services. Et vous n'existez pas. Ni empreintes, ni permis de conduire, rien...

— Vous avez fait des recherches sur moi ?

— Qu'est-ce que vous croyez... Et maintenant, votre prochaine carte, c'est quoi ? Attaquer les cartels du Sinaloa avec un blindé ?

— Rien d'aussi spectaculaire, répondit Bolan. Je

vous l'ai dit, Casco va chercher à comprendre, et sans doute à se venger.

— Vous voulez qu'il croie que ce sont les *Zetas* qui…

— Exactement. C'est aussi pour ça que j'ai mis les filles à l'abri.

— Et celle qui s'est enfuie ?

— J'espère qu'elle se terre quelque part, dit Bolan en sentant son estomac se nouer.

— Si elle essaye de contacter les *Negros* et qu'elle leur raconte ce qui s'est passé, ça pourrait barder pour vous.

— Si elle les contacte, ils la buteront. Malheureusement, ça serait peut-être mieux pour nous. Casco ne pourra pas laisser filer. Je suis sûr qu'il va réagir, et vite. Il ne peut pas faire autrement.

— Et en quoi ça va nous aider ? demanda Halls.

— Si Casco s'attaque aux *Zetas*, ça va faire du bruit. Ça va attirer l'attention, et quand les choses se calmeront, je serai le premier au courant.

— Et comment ?

— Je ne peux pas vous le dire, répondit Bolan.

La voix de Halls trahissait son mécontentement.

— Notre amitié se nourrit de confiance, Cooper. C'est notre seule garantie.

— Je ne peux pas vous le dire, un point c'est tout. Ce que je peux vous dire, c'est que c'est la même source qui m'a prévenu que vous et vos hommes alliez tomber dans un piège.

— C'est une information qui m'a sauvé, moi et six de mes hommes. Je m'en contenterai… Pour l'instant.

— Je vous comprends. Je peux vous faire une proposition.

— Allez-y.
— Appelez le ministère de la Justice à Washington. Demandez un certain Brognola. Demandez-lui ce qu'il peut faire pour vous aider. Je vous promets que vos ennuis auront fondu de moitié d'ici au coucher du soleil.
— Brognola ?
— Ouais.
Halls soupira.
— O.K., je vais appeler.
Bolan raccrocha, écrasa sa cigarette et retourna à sa voiture. Il n'avait pas pris le risque d'utiliser son propre téléphone. Casco et ses hommes devaient scanner les communications. *Los Negros* étaient bien plus puissants que ce que Joseph Halls osait s'avouer. C'était le genre de précautions qui avait souvent sauvé la vie de Bolan.

Au moment où il entrait dans son 4x4, son téléphone vibra. Il reconnut le numéro et répondit.
— Oui, c'est moi.
— On peut se voir ?
C'était la voix de Vince Gagliardi.
— Où et quand ?
— Je te rappelle dans une heure.
Bolan entendit la tonalité et réalisa que Gagliardi avait raccroché. Il attendit un moment puis rangea le téléphone dans la poche de sa chemise. Tous ses sens étaient en alerte. Avec Gagliardi il avait mis au point un code. Si l'agent de la D.E.A. se sentait en danger, s'il pensait que sa couverture était menacée, il devait contacter Bolan avec ces mots : « Je te rappelle dans une heure. » Pour que Bolan le laisse tranquille. Donc, pas de coup de téléphone et pas de rendez-vous.

O.K., ça commençait à chauffer. Bolan savait que

son attaque contre les lieutenants de Casco soulèverait quelques soupçons. Une telle attaque ne pouvait pas être l'œuvre de la police. Et peu de gens savaient que *Los Negros* utilisaient le club comme quartier général. Soit c'était les *Zetas*, soit il y avait un traître chez *Los Negros*. Si Casco cherchait des fuites, il finirait par s'intéresser aux *Zetas*, et ça pourrait mettre Gagliardi dans une situation délicate.

Bolan avait envisagé cette possibilité. Il savait que tôt ou tard il faudrait trouver d'autres sources d'information. Son premier souci, cependant, c'était de protéger la couverture de Gagliardi. Il ne pouvait prendre aucun risque de ce côté. D'abord parce que l'agent de la D.E.A. serait exécuté. Mais surtout parce que les hommes de Casco arriveraient fatalement à le faire parler. La D.E.A. entraînait ses agents à résister à tout un tas de tortures plus ou moins raffinées. Mais chaque homme a ses limites. Gagliardi ne résisterait pas éternellement.

Bolan composa un numéro de mémoire. A la première sonnerie, Herman « Gadgets » Schwarz décrocha.

Affectueusement surnommé Gadgets par ses amis, Schwarz était le magicien en chef du Ranch. C'était un spécialiste des ordinateurs, un sorcier de la manipulation et de la récupération des données informatiques. Il dirigeait la meilleure équipe d'informaticiens du monde. Les compétences de ses hommes dépassaient de loin celles des types de la NASA, de la DARPA et de la NSA réunies.

— Striker, comment vas-tu ? demanda Gadgets.
— Ça va, mec.

Bolan n'avait pas prévu de faire appel à ses copains

du Ranch, mais avec son contact qui lui claquait entre les doigts, il n'avait pas le choix.

— J'ai besoin de toi.

— Vas-y.

— J'ai besoin que tu loges un agent de la D.E.A., nom, Gagliardi, prénom, Vincent. Pour l'instant, il est en mission d'infiltration auprès des Stups de l'Arizona. On peut sûrement le localiser grâce à son dossier informatique.

— Tu veux que je le pirate ?

— Tu peux faire ça ?

Gadgets explosa de rire.

— Tu plaisantes. J'avais justement besoin d'un peu d'action depuis mon retour de vacances. Il te faut ça pour quand ?

— Hier, répondit Bolan. Le mec a des ennuis, il faut que je le retrouve avant que sa couverture ne tombe.

— Je te rappelle dans un quart d'heure.

— Compris.

— Pas de quoi.

Fidèle à sa parole, Schwarz rappela quinze minutes après avec le renseignement demandé.

Bolan avait juste le temps de retourner à son hôtel se changer et récupérer son sac de matériel. L'occasion ne se représenterait pas de sitôt. Les événements s'emballaient sérieusement. Les jeux étaient faits et la roulette tournait. Il s'était laissé guider par les circonstances, mais ça n'avait pas d'importance. Tout ce que Bolan voulait, c'était augmenter la confusion en s'attaquant aux *Zetas*. Et si ça pouvait donner un peu de répit à Gagliardi et lui permettre de se tirer du merdier où il se trouvait, ça ne serait pas plus mal.

Ça faisait longtemps que Bolan était un expert en improvisation. Sur tous les champs de bataille, dans tous ses combats contre la pieuvre, l'Exécuteur s'était forgé un art de la guerre personnel.

Il avait appris à frapper vite et fort, sans laisser la moindre chance à ses adversaires. Il continuait sa Guerre éternelle dans un seul but : l'anéantissement total de l'ennemi. Et c'est pour cela qu'il était ici, à se balader entre Nogales et Phoenix, à la recherche d'un pourri du nom de Cesco, mais que tout le monde connaissait sous le nom d'un homme d'affaires intègre et généreux.

CHAPITRE IV

— Je te le redis, Rumaldo, ce *cabron,* c'était pas un de ces putains de *Zetas*. C'était plutôt un soldat ou quelque chose comme ça.

Rumaldo Salto, première gâchette d'Hector Casco, chef de sa garde personnelle, croisa ses bras musculeux et s'appuya sur un pilier du porche de la maison de Casco.

— C'est ça, un soldat, ajouta Claudia Pacorbo. Un peu comme un commando. Habillé en noir. Hyperbaraqué. Il avait un flingue spécial, une espèce d'automatique.

Son histoire était juste un peu trop grosse pour qu'elle l'ait inventée. Et pourtant, Salto n'arrivait pas à y croire. Il faut dire que Pacorbo était connue pour se poudrer un peu trop les narines. Ce qui, il faut le dire, n'aide pas à avoir les idées claires. D'abord, le boss lui avait ordonné de surveiller la maison pendant que ses espions parcouraient la ville. Et puis, une heure avant l'aube, Pacorbo qui débarque d'un taxi. Sans prévenir et sans un radis. Salto avait dû raquer presque cent dollars pour la course depuis le centre de Phoenix. Tout ça pour débiter une histoire farfelue de commando en noir armé d'une arme de guerre.

En même temps, les premiers renseignements que Salto avait pu réunir confirmaient l'histoire de la fille. Premièrement, les deux types qui s'étaient fait descendre étaient tellement truffés de plomb que ça ne pouvait être qu'une arme automatique. Deuxio, les autres filles étaient parties avec ce prétendu commando, qui avait promis de *les ramener chez elles*. Et *ça*, c'était vraiment bizarre. La seule chose que Salto se demandait, c'était qui était responsable de tout ce bordel. Les flics ? Les *Zetas* ? Ou un emmerdeur free lance qui cherchait un peu d'action ?

— O.K., O.K., *Chica*. Je vais voir le Boss, s'il accepte de t'écouter. Mais je te préviens, si tu me tiens la jambe juste pour te faire tourner une dose de dope, tu vas effectivement prendre une sacrée claque. Et pas de celles que tu penses.

Elle croisa les bras.

— Va voir Hector.

Salto lui jeta un regard noir avant d'entrer dans la maison. L'air frais caressa son visage. Il faisait déjà salement chaud. Salto ne supportait pas bien la chaleur. C'était étonnant pour un Mexicain originaire de Juarez à côté de la frontière américaine. Avant de rejoindre *Los Negros*, Salto avait traîné ses guêtres dans le désert du Sonora et habité pendant un temps à Hermosillo. Finalement, comme tous les autres, il était entré illégalement aux Etats-Unis travailler pour Casco à Nogales. Il en était fier. Casco était un patron exigeant mais équitable. Il ne payait pas très bien, mais il traitait bien ses hommes. En fait, seul Hector Casco avait daigné s'intéresser à un pauvre *peone* comme lui. Et l'élever au rang de première gâchette de tout le cartel de Sinaloa. Casco était connu pour ses goûts raffinés et son élégance classique. Il donnait généreusement et anonymement aux bonnes œuvres, et frayait, sous un faux nom, avec tout le gratin de Scottsdale.

C'était surtout cette capacité de Casco de jouer avec ses identités qui bluffait Salto. Et il faut reconnaître que rien n'avait transpiré. En vérité, à part les chefs du cartel du Sinaloa, personne n'était au courant de l'autre identité de Casco. Ses hommes n'étaient pas autorisés à l'accompagner dans cet autre monde, à l'exception d'un chauffeur. Et ni Salto, ni aucun des autres gardes ne pouvaient quitter la maison sans son autorisation.

Une fois, Salto s'était dit qu'il devrait suivre Casco, mais il avait décidé que c'était trop risqué. S'il était découvert, on le prendrait pour un flic ou un traître. Et ce n'était pas du tout la réputation dont il rêvait au sein des *Negros*. Salto avait travaillé trop dur, depuis trop longtemps. Ça *ne devait pas* se produire.

Salto frappa à la porte entrouverte du bureau de Casco. Un grognement lui signala qu'il pouvait entrer. Casco était assis à son bureau et prenait fiévreusement des notes. Il n'y avait pas un téléphone, pas un ordinateur en vue. Casco ne faisait pas confiance à ces engins avec lesquels on pouvait vous espionner. Sur son bureau, il y avait un Interphone et c'est tout. Tous ses messages étaient écrits à la main ou avec une vieille machine à écrire. La plupart du temps, ils étaient délivrés de vive voix, directement par les hommes de Casco.

Messager, ça avait été le premier job de Salto. C'était extrêmement dangereux, vu le nombre des ennemis de Casco. Un messager ne transportait rien de valeur, mais les informations qu'il détenait n'avaient pas de prix pour les ennemis d'Hector Casco. Cependant, aucun de ses messagers n'avait jamais été intercepté. C'est sans doute pour cela que Casco jouissait d'une telle liberté de mouvement. Il savait, bien sûr, que ça ne durerait pas éternellement.

— Qu'est-ce qu'il y a, Maldo ? demanda Casco en utilisant le surnom de Salto.

— C'est la fille Pacorbo, elle veut vous voir.

— Je suis occupé, répondit Casco. Et tu peux lui dire, à cette pute, que je ne lui donnerai pas un dollar. Elle n'a qu'à aller taxer Julio ou un autre. Je la connais cette poufiasse.

— C'est sûr, patron… Mais…

Casco retourna à ses notes. Au bout d'une minute, il releva la tête et constata que son garde en chef était encore là. Il le crucifia du regard.

Salto respira un grand coup et débita ce qu'il avait à dire avant que les choses n'aillent plus loin.

— Elle a déboulé tout à l'heure, elle avait l'air assez secouée, Hector. Elle prétend que ce qui s'est passé cette nuit, c'était pas les *Zetas*.

— Foutaises !

— C'est ce que je lui ai dit, mais elle insiste.

— Et tu la crois ?

— Au départ, non. Mais quand elle m'a parlé de c't'espèce de commando en noir avec une mitrailleuse, qu'elle m'a dit qu'il avait descendu trois de nos gars, un peu comme un sniper…

Le pâle visage de Casco tourna au gris.

— Elle prétend qu'il était habillé tout en noir ?

Salto fit signe que oui. Casco s'était pétrifié.

— Patron ?

— Si c'est vrai, nous avons un problème... un putain de problème.

Casco n'était pas quelqu'un d'impressionnable, loin de là. Mais là, Salto voyait bien que son patron était sur le cul ; il parlait comme si sa bouche était pleine de coton, il transpirait à grosses gouttes.

— Vous savez qui est ce type ?

— Peut-être, dit Casco d'une voix bizarrement étranglée. Peut-être. Tu te souviens de José Carillo ?

— Pancho Carillo ? demanda Salto.

En voyant Casco acquiescer lentement, un flot de souvenirs se libéra. Carillo était un Parrain qui avait passé un marché avec les FARC en Colombie, pour protéger ses livraisons de drogue. Malheureusement, une triade chinoise avait ses propres projets pour le sud-ouest des Etats-Unis.

D'après ce qu'on racontait, un homme seul avait déclenché un bain de sang entre les deux factions. Ça avait duré deux semaines, de Las Vegas à Los Angeles, et d'El Paso jusqu'au Canada. C'est à ce moment qu'on avait parlé d'un enfoiré vêtu de noir qui utilisait du matériel militaire dernier cri. Carillo et ses hommes avaient été proprement descendus. Ainsi que deux ou trois officiels américains qui traînaient du mauvais côté.

— Vous ne croyez pas que...

Casco leva la main.

— Je n'affirme rien. Mais il faut tout vérifier. Fais venir cette pute.

Salto courut chercher la fille. Quand ils rentrèrent dans le bureau, Salto fut frappé par une forte odeur de cigare. Cela l'étonna parce que, généralement, son patron ne fumait pas dans la maison.

— Assieds-toi, dit-il à Pacorbo en lui montrant un canapé.

Elle se laissa tomber dans les coussins et posa ses pieds sur la table basse en marbre blanc. Horrifié, Salto se tourna vers son patron, mais celui-ci semblait décidé à ignorer cet affront. Habituellement, il aurait fait fouetter quiconque se serait permis ce genre de geste. Il appréciait les meubles précieux et ne tolérait pas qu'on les traite avec désinvolture.

Casco s'assit sur son bureau et tira une longue bouffée de son cigare.

— Il paraît que tu as des informations sur celui qui a tué trois de mes hommes hier soir ?

— C'est la vérité. Mais avant j'ai une question à te poser, dit Pacorbo.

Casco se força à sourire.

— Et quelle est cette question ?

— Qu'est-ce que cette information représente pour toi ? demanda Pacorbo. Parce que, une fois que j'aurai tout déballé, il ne me restera plus qu'à disparaître, et pour un bon moment.

— Et pourquoi ça ? demanda Salto.

— Du calme, l'interrompit Casco.

Il se retourna vers la fille.

— Parle, et tu auras droit à toute ma considération. En fait je devrais te retourner la question.

Pacorbo bégaya.

— Me retourner la…

— Oui. Qu'est-ce que cette information représente

pour toi ? Ta vie ? Non, sans doute pas tant. Un doigt ou deux alors ? Ou un téton. Après tout, tu en as deux.

— Hector, qu'est-ce que tu racontes ! Tu me connais !

— Justement !

Casco tira une nouvelle bouffée de son cigare avant de poursuivre.

— Je sais à quel point tu es opportuniste, Claudia. Je sais que tu es prête à tout pour te faire remarquer. Tu es aussi une grande gueule patentée, parfois à la limite de la stupidité. Je n'ai jamais compris pourquoi on te surnommait Angel. Parce que tu n'as rien d'un ange. Alors, voici ce que je te propose : si ce que tu me racontes sonne juste, je te laisse repartir entière. Je te payerai même un aller simple pour la destination de ton choix. Si tu me mens, ou si je te surprends à enjoliver ton récit, je devrai reconsidérer notre relation, et te confier à des amis qui n'ont pas la réputation d'être très tendres avec les gens comme toi.

Pacorbo retira précipitamment ses pieds de la table basse.

Salto lui-même était sidéré par le discours de Casco. Il ne l'avait jamais vu perdre son sang-froid à ce point. Et il ne l'avait jamais entendu faire des menaces aussi directes. Salto connaissait la réputation de cruauté de Casco. Ce petit speech levait le moindre doute, s'il lui en restait.

— Bien, reprit Casco. Tu veux me raconter ton histoire ? Ou tu as changé d'avis ?

— J'l'ai vu, Hector. J'en ai rien à foutre que tu me croies ou pas, parce que j'l'ai vu.

— Vas-y, je t'écoute.

Pacorbo respira un grand coup et se lança. Une

véritable dissertation de cinq minutes sur ce qu'elle avait vu et entendu, sans rien oublier, jusqu'au plus petit détail. Salto examinait le visage de son patron. Mais il était aussi impénétrable que le marbre de la table. Quand Pacorbo se tut, Casco se contenta de tirer sur son cigare en silence pendant plusieurs minutes. Puis, il l'écrasa dans un immense cendrier posé sur son bureau, croisa les bras et fixa la fille.

— Je vais te dire, Angel… Je te crois. Vraiment !

Salto soupira longuement pendant que Pacorbo laissait échapper un gémissement. Salto réalisa que tous les deux étaient sur des charbons ardents.

— Maldo, fais-la sortir d'ici. Assure-toi qu'elle ne reviendra pas.

— Hein ! hurla Pacorbo.

Elle essaya de se lever mais glissa sur les coussins. Avant qu'elle ait pu se redresser, Casco était sur elle et la giflait à toute volée. Pacorbo retomba lourdement. Elle atterrit sur le coin en marbre de la table. Elle saignait et était à moitié sonnée. Elle poussa un cri strident en essayant de se relever. Avant que Salto puisse réagir, Casco s'était jeté sur elle.

— Patron ? Qu'est-ce…

— Ta gueule !

Il se rua sur la femme et la bourra de coups de poing. Par deux fois, il lui écrasa violemment les reins avec son talon. Un geste que Salto trouva déplacé. Après environ deux minutes d'ultraviolence, Casco s'arrêta et desserra son col de chemise. Pacorbo n'était plus qu'un tas de viande agité de soubresauts.

Casco fixa Salto. L'expression de son visage ne laissait aucun doute sur ses intentions.

— Sors-la d'ici !

Casco donnait explicitement l'ordre à Salto d'emmener Pacorbo et de se débarrasser d'elle. Mais pourquoi ? Cela faisait longtemps qu'il n'avait pas eu à se charger d'une exécution. Et il ne se souvenait pas d'avoir eu à exécuter une femme. En tout cas, pas une femme sans défense comme Pacorbo. Quelle menace pouvait-elle bien représenter ?

Au bout du compte, ça n'avait guère d'importance. Salto savait parfaitement que s'il ne faisait pas ce qu'on lui demandait, c'est lui que Casco ferait exécuter. Il n'avait donc pas le choix. A contrecœur, et en se dépêchant pour ne pas provoquer davantage la colère de Casco, il prit la fille sous les bras et l'emmena. Elle gémissait et sa tête ballotait sur sa poitrine. Elle n'était qu'à demi consciente. Il la tira jusque dans le hall. Ses talons claquaient sur le carrelage. Salto remarqua qu'à part sa blessure à la tête, elle ne saignait pas.

Donc, dans sa colère, Casco avait évité de la frapper au visage. Est-ce que ça le dérangeait de défigurer une femme ? Cela aurait certainement perturbé Salto, s'il avait eu à le faire. D'une manière générale, il n'aimait pas s'attaquer au sexe faible. Et il aimait encore moins les descendre. Mais si Hector l'ordonnait, il n'avait qu'à s'exécuter.

Il traîna la fille jusqu'à une des voitures de la maison, une puissante berline noire, et l'assomma avec la crosse de son arme. Il hésita à la mettre sur le siège arrière et finalement la jeta dans le coffre.

Il lui fallut à peine dix minutes pour parvenir jusqu'à un coin retiré sous un pont de l'autoroute I-10. Il la sortit du coffre et la laissa tomber sur le sol. Salto sortit son arme et lui colla sur la tempe. Il bloqua sa respiration, ferma les yeux. Et sa main se mit à trembler. Qu'est-ce qui clochait ? Il avait fait ça tellement de fois qu'il en avait perdu le compte. Et il se retrouvait là, tremblant comme une femmelette, incapable de mettre un terme aux souffrances de cette pauvre fille. Peut-être qu'au fond, il l'aimait bien, Claudia Pacorbo.

Il resta indécis pendant une bonne minute avant de baisser son flingue. Il fouilla dans ses poches et en ressortit quelques dollars. Il écrivit un mot lui enjoignant de disparaître pour toujours et glissa le tout dans son soutien-gorge.

Puis il monta dans sa voiture et partit sans regarder derrière lui.

CHAPITRE V

Bolan se dirigea vers un immense garage automobile qui trônait au milieu de ce que Gagliardi avait décrit comme la zone commerciale la plus craignos de tout Phoenix.

D'un côté du parking, qui ressemblait davantage à un terrain vague, il y avait une petite supérette de quartier. De l'autre côté, il y avait un immeuble de bureaux abandonné dont les vitres semblaient avoir été méthodiquement brisées. Il ne restait plus que les barreaux qui auraient dû décourager les voleurs, vagabonds et autres traîne-lattes de pénétrer dans l'immeuble.

Bolan n'avait pas hésité très longtemps. Certes, ce n'était pas du tout les termes du marché qu'il avait passé avec Gagliardi, mais la situation avait changé. L'homme de la D.E.A. avait risqué sa vie et sa couverture pour fournir à Bolan les renseignements dont il avait besoin. Juste par amitié pour lui. Alors maintenant que les choses tournaient à l'aigre, Bolan n'avait pas le choix, il fallait le tirer de ce mauvais pas.

Il avait décidé de sauver Gagliardi. Il s'occuperait des *Zetas* quand son ami serait à l'abri.

Bolan passa au ralenti devant le garage aux fenêtres opaques. Sur la façade, une des trois grandes portes métalliques était à moitié ouverte. Il aperçut les jambes d'un mécano, allongé sous un pick-up presque neuf. En tout cas cela ressemblait à un mécano. Une radio gueulait des rythmes latinos qui se répercutaient dans l'air matinal.

Bolan dépassa le garage et roula jusqu'au bout du pâté de maisons. Il regarda sa montre : 7 h 15. C'était trop tôt pour que le garage soit déjà ouvert. Donc le mécano devait être une sentinelle. Il y avait gros à parier que les gros bras des *Zetas* étaient là. Bolan aurait volontiers parié aussi que Gagliardi était avec eux, et que les *Zetas* devaient être en train de « l'interroger ».

Vincent Gaglardi, agent spécial de la D.E.A., s'arc-bouta en prévision de ce qui allait arriver.

Un nouveau coup de poing fit basculer sa tête en arrière. Il pouvait sentir ses neurones s'entrechoquer et son cerveau rebondir contre les parois de son crâne. Il venait juste de prévenir Cooper et s'apprêtait à filer, quand deux malabars des *Zetas* l'avaient coincé. Ils l'avaient déshabillé, mis en caleçon et attaché sur une chaise avant de lui mettre un bandeau sur les yeux. Puis ils avaient pris des forces à grand coup de tequila. Et la séance de torture avait commencé.

Gagliardi n'arrivait pas à comprendre comment ils l'avaient démasqué. Il avait été extrêmement prudent lors de tous ses rendez-vous avec Cooper. Il vérifiait régulièrement qu'il n'y avait pas de micros dans son studio et que son téléphone portable n'était pas sur écoute. Il avait limité les contacts avec ses supérieurs de la D.E.A. au minimum. Il avait toujours vérifié qu'il n'était pas filé. Et malgré toutes ces précautions, il avait dû merder quelque part puisqu'ils l'avaient démasqué.

Ils voulaient savoir pour qui il travaillait, et Gagliardi savait qu'il ne tiendrait pas très longtemps. Pour le moment ils ne posaient pas de questions. Ils se contentaient de lui cogner dessus, et de lui brûler les cuisses avec leurs cigarettes. Il essayait de se concentrer sur sa femme, Natalie, et leur fille, Samantha, sans s'attarder sur le fait qu'elles devraient probablement se passer de lui à l'avenir. Natalie l'avait supplié de ne pas accepter cette mission. Elle avait un mauvais pressentiment.

D'habitude, Gagliardi écoutait les prémonitions de son épouse. Mais cette fois-là, il avait été aveuglé par les perspectives que cette mission lui ouvrait au sein de la D.E.A. S'il la menait à bien, il savait qu'il deviendrait superviseur et passerait le reste de sa vie derrière un bureau.

Sur le coup, ça avait semblé une bonne idée. Maintenant, il n'était même pas sûr de s'en tirer vivant. Ils allaient continuer à lui cogner dessus. Ils pouvaient décider de lui poser des questions. Ou pas. Ils pouvaient garder les questions pour plus tard, bien plus tard. Quand ils l'auraient battu et humilié tout leur soûl. Les *Zetas* allaient faire un exemple, ça, il en était sûr.

Et il n'y aurait personne pour venir le sauver. Il avait coupé les ponts avec la seule personne qui aurait pu lui venir en aide. Il était définitivement seul.

Et les choses se présentaient mal.

***

Bolan tourna à gauche et se gara devant la supérette. Il n'y avait que quelques voitures sur le parking. Probablement celles du personnel chargé de l'ouverture. Comme cela sa voiture n'attirerait pas trop l'attention. Bolan prit son sac, traversa la rue et s'engagea dans une allée qui longeait le garage et qu'il avait repérée. Il fallait la jouer discrètement pour repérer Gagliardi et évaluer la situation. Pas question de débarquer en défouraillant dans tous les sens. Tout ce qu'il risquait c'était de tuer son ami, et de se faire descendre par la même occasion.

Il s'arrêta juste avant la sortie de l'allée qui débouchait à côté du garage.

Dans son holster d'épaule, son Beretta 93-R était prêt à entrer en action. Il sortit son MP5SD3 de son sac et l'équipa d'un silencieux. Il mit le pistolet-mitrailleur en bandoulière, s'empara de son ceinturon avec le .44 Desert Eagle et le boucla autour de sa taille. Vêtu de sa sinistre combinaison noire, équipé de toutes ces armes de guerre, l'Exécuteur ressemblait en tout point à sa légende.

Il replia son sac désormais vide, quitta l'allée et pénétra dans la rue. Il se tenait hors de vue du garde couché sous la voiture. Le dos collé au mur du garage, il progressa vers la porte, risqua un œil à l'intérieur tout en surveillant le faux mécano. Il entra tranquillement, saisit le pantalon du garde et tira d'un coup sec. Le chariot roula en silence sur sol. L'homme, surpris, s'apprêtait à crier. Le Guerrier lui appliqua sa main sur la bouche et l'immobilisa avec son genou. Il lui fallut une seconde pour s'apercevoir que cet homme n'était guère qu'un adolescent de seize ou dix-sept ans.

Bolan détourna le canon de son MP5SD3 et planta son regard dans celui de l'ado.

— Un cri, un bruit et tu es mort. Compris ?

Très lentement, le garçon fit signe que oui. La peur facilite souvent l'apprentissage des langues.

— Combien sont-ils à l'intérieur ?
— Cinq, je crois.

Le garçon parlait avec un fort accent espagnol.

— Tu n'es pas sûr ?

Il fit un signe de la tête.

— Si ! Si ! *Cinco*...
— Tais-toi ! ordonna Bolan.

Le garçon réalisa qu'il parlait trop fort. Sa voix ne risquait pas de couvrir la musique, Bolan pouvait à peine s'entendre penser, mais il ne fallait prendre aucun risque.

— Il y a un *hombre*... Pas avec nous, ajouta-t-il.

Bolan ne comprit pas tout de suite à cause du mauvais anglais du garçon. Puis il se dit qu'il devait parler de Gagliardi. Ils avaient dû le coincer.

Que ce soit *Los Negros* ou *Los Zetas*, les deux gangs étaient connus pour les tortures qu'ils réservaient aux traîtres. C'était pour cette raison qu'il était si difficile de les infiltrer. Ils vivaient en vase clos, et pour entrer dans leur bande, il fallait se soumettre à des rites de passage en commettant les pires atrocités.

Bolan éprouvait de la pitié pour ce pauvre gosse qui était tombé entre leurs griffes. Il devait s'occuper de leurs voitures, avec un de ses semblables prêt à le remplacer en cas de besoin. Les membres de ces gangs ont une espérance de vie des plus courtes. Voilà ce que les gens n'arrivaient pas à comprendre. Vivre dans un gang, c'était comme de vivre dans un pays ravagé par la guerre. Tous ces hommes, qui n'étaient bien souvent que des enfants, devaient constamment surveiller leurs arrières s'ils voulaient rester en vie. Ils étaient comme les otages d'un monde pervers qui prospérait sur le crime, le vice et le chaos. Chaque dollar généré par le trafic de drogue finirait dans les poches d'organisations criminelles comme celles-ci.

Bolan ne mettrait jamais un terme à ce commerce, mais il se débrouillait plutôt pas mal. Il avait déjà obtenu quelques résultats tangibles. Il avait descendu trois des meilleurs hommes de Casco, et il s'apprêtait à attaquer ses ennemis directs, *Los Zetas*.

— Où sont-ils ?

Le gamin montra l'arrière du garage.

Bolan fit un signe, saisit le T-shirt graisseux du gosse et l'aida à se relever. Il le toisa de toute sa hauteur.

— Mon garçon, tu as choisi le mauvais camp. Sauve-toi d'ici. Va chercher de l'aide et un abri. Et ne reviens jamais. De toute façon, ici, il n'y aura plus rien. Tu as compris ?

Le garçon fit signe que oui. Bolan lui montra la sortie et l'autre détala sans rien dire et sans se retourner.

Quand il eut disparu, le Guerrier avança doucement vers le fond du garage. Il parvint à une porte métallique qui ouvrait sur un petit couloir. Ce corridor débouchait sur une grande pièce enfumée et faiblement éclairée. Cinq hommes étaient regroupés autour de Gagliardi. Ils riaient et fumaient. Ils avaient inventé un jeu qui consistait à prendre une large bouffée de marijuana, plusieurs gorgées de tequila avant de balancer une torgnole à leur prisonnier.

L'agent de la D.E.A., en caleçon et en T-shirt, était ligoté sur une chaise branlante qui menaçait de s'écrouler à chaque coup. Bolan ne pouvait pas voir son visage, plongé dans l'obscurité. Il évalua les différentes options qui s'offraient à lui. Il n'y avait pas de lumière dans le corridor et sa combinaison noire le rendait pratiquement invisible.

Il n'avait pas envie d'ouvrir le bal avec son SMG. Il risquait de toucher Gagliardi. Les attaquer avec son Beretta était possible, mais il n'était pas certain d'arriver à les tuer tous les cinq avant qu'ils aient le temps d'exécuter leur prisonnier. Quant à les attaquer à mains nues, c'était quasiment un suicide.

Il fallait faire autrement. Bolan fouilla dans une poche de sa combinaison et en sortit deux grenades de couleur grise avec une bande rouge. Des grenades antiémeute ABC-M25A2 remplies de gaz CS mélangé avec un aérogel de silice qui améliorait la dispersion du gaz. Le gaz CS est utilisé par les forces de l'ordre comme arme antiémeute. Les deux grenades de Bolan avaient été améliorées par le génial Gadgets. Elles produisaient le même effet que des grenades aveuglantes.

Bolan retira les goupilles et jeta les grenades dans la pièce, le plus loin possible des fenêtres pour que Gagliardi ne soit pas blessé par les éclats de verre. Il s'accroupit, ferma les yeux et mit les mains sur ses oreilles. Le tintement du métal sur le sol attira l'attention des cinq assassins, mais ils ne remarquèrent pas Bolan.

L'onde de choc parcourut la pièce et l'éclair aveugla temporairement les cinq hommes. Le gaz envahit la pièce, boosté par l'aérogel de silice. L'Exécuteur avait saisi une paire de lunettes et un masque et les avait enfilés prestement. Dissimulé par la fumée, il pénétra dans la pièce. Il assomma un homme qui lui barrait le passage. Les quatre autres toussaient violemment, les yeux et la gorge en feu.

Bolan cria à Gagliardi de ne pas s'affoler. Il dégaina un poignard KA-BAR et trancha ses liens. Il jeta le malheureux sur son épaule et sortit rapidement de la pièce enfumée. Il était désolé d'avoir dû infliger un tel traitement à Gagliardi, mais il n'y avait rien de grave. Il s'en remettrait. Le traumatisme psychologique serait sans doute plus long à cicatriser, malgré l'entraînement que Gagliardi avait dû recevoir avant d'accepter cette mission.

Quand ils furent sortis, Bolan posa Gagliardi, retira son masque et le rangea. Il aida Gagliardi à se relever et lui retira son bandeau. Gagliardi cligna des yeux, secoua la tête et fixa Bolan. Au bout d'un moment, il le reconnut.

— Je ne suis pas mécontent de te voir, dit-il en souriant.

— Et moi de même, répondit Bolan.

Le bruit d'une porte qu'on ouvre violemment leur rappela que l'ennemi était à leurs trousses. Bolan prit son Beretta et le colla dans la main de son compagnon.

— Il faut y aller. Tu peux marcher ?

— Tu veux rire !

— Alors en route, dit Bolan.

Les deux hommes sortirent en courant du garage. Gagliardi était en tête et Bolan lui montra l'allée par laquelle il était arrivé. L'homme de la D.E.A. s'y précipita pendant que Bolan couvrait sa fuite.

Ils étaient au milieu de la rue quand deux hommes surgirent, le pistolet-mitrailleur à la main. Ils aperçurent Bolan et levèrent leurs armes.

Bolan progressait à reculons, il leva son MP5SD3 et ouvrit le feu. Il avait juste l'intention de les ralentir, mais ses réflexes de tireur d'élite prirent le dessus. La rafale cueillit un des deux hommes qui s'effondra, le ventre lesté de balles 9 mm Parabellum.

Son compagnon réalisa que les deux fuyards n'étaient pas sans défense et tourna les talons. Bolan lui fit exploser le crâne d'une courte rafale avant qu'il ait pu se mettre à couvert.

L'attention de Bolan fut attirée par un crissement de pneus. Il aperçut un pick-up noir qui venait de surgir d'une rue adjacente et qui fonçait droit sur eux.

L'Exécuteur expédia une rafale en direction des trois hommes qui sortaient du garage et piqua un sprint pour rejoindre Gagliardi. La situation se corsait. Bolan se demanda s'il n'avait pas merdé et révélé sa présence aux informateurs des *Zetas*.

De toute façon, s'ils mouraient là, ça ne ferait pas de différence. De plus, ce n'étaient pas les conditions idéales pour tenir tête à une force supérieure en nombre. Les deux hommes continuaient à courir dans l'allée. Le pick-up s'y engagea et accéléra, faisant rugir son moteur. Haletant, Gagliardi s'arrêta et se retourna vers Bolan, désemparé.

Bolan lui fit signe de continuer. L'Exécuteur courait, le corps envahi d'adrénaline. Il n'aimait pas du tout la situation. S'il ne trouvait pas un plan rapidement, Gagliardi et lui allaient y passer.

Il atteignit l'extrémité de l'allée et tourna à droite juste au moment où le puissant 4x4 allait le percuter. Le pick-up déboula dans la rue et le conducteur écrasa les freins. Mais il n'était pas aussi bon conducteur qu'il le croyait. Le Chevy dérapa, fit une série d'embardées. Il finit par heurter le trottoir, se retourna comme au ralenti et acheva sa course sur le toit.

Bolan se releva et remercia le destin qui leur avait sauvé la mise. Il se précipita vers sa voiture. Gagliardi l'avait sans doute repérée lors de leur dernier rendez-vous. Il attendait Bolan, le Beretta à la main, et couvrait sa progression.

Bolan ôta sa trousse de combat et la jeta à Gagliardi. Les deux hommes se précipitèrent dans la voiture. Bolan démarra sur les chapeaux de roues, comme s'il avait eu le diable à ses trousses. Gagliardi se retourna.

— Bordel ! Nous avons encore de la compagnie !

CHAPITRE VI

Bolan regarda dans le rétroviseur.

C'était une grosse berline grise métallisé, BMW ou Mercedes, elle était trop loin pour en être sûr. Bolan regretta d'avoir pris le volant. Il aurait préféré que ce soit Vince qui conduise. Mais c'était trop tard. Il fouilla dans sa poche, prit son téléphone portable et le tendit à Gagliardi.

— Qu'est-ce que tu veux que j'en fasse ?

— Appelle ton superviseur et explique-lui la situation, dit Bolan. Dis-lui que tu es grillé et qu'on a chaud aux fesses. Dis-lui d'appeler le capitaine Joseph Halls et de tout lui expliquer.

— T'es fou ! s'exclama Gagliardi, incrédule. Qu'est-ce qu'ils peuvent faire pour nous ?

— Rien, répliqua Bolan. Mais j'ai le pressentiment que les événements vont se précipiter et ils peuvent peut-être nous dégager la voie. Mettre les passants à l'abri.

— O.K., mais je n'y crois pas.

Gagliardi n'avait pas l'habitude d'obéir aveuglément aux ordres qu'on lui donnait. En plus, pendant ses six mois d'infiltration, il avait mené sa barque tout seul, presque sans contact avec ses supérieurs.

Bolan reprit.

— *Los Zetas* ne vont pas lâcher le morceau aussi facilement. Surtout s'ils croient que nous appartenons aux *Negros*.

— Et pourquoi est-ce qu'ils croiraient ça ?

— La guerre couve entre les deux clans depuis un certain temps, Vince, ajouta Bolan. Mais tu as dû en entendre parler.

— Qu'est-ce que tu as fait ? demanda Gagliardi. Parce que c'est toi qui es à l'origine de tout ce merdier ?

— Tu as entendu parler des trois lieutenants de Casco qui se sont fait descendre hier soir ?

— La fusillade de cette nuit !

Il commençait à comprendre.

— C'était toi ?

Bolan acquiesça.

— Ouais. Et je suis désolé parce que c'est probablement à cause de ça que tu as été grillé.

— Mais comment est-ce qu'ils ont pu faire le lien avec moi ?

— Rien ne dit qu'ils l'ont fait.

— Mais tu viens de dire que…

Soudain la lunette arrière se fendilla, aveuglant Bolan qui ne pouvait plus distinguer leurs poursuivants. Quelques morceaux de verre tombèrent dans l'habitacle, mais pour l'essentiel la vitre tint bon. En l'occurrence, Bolan avait eu de la chance de louer une voiture avec des vitres securit. L'Exécuteur n'avait pas songé qu'il en aurait besoin dans de telles circonstances.

— Prends le volant ! ordonna-t-il à Gagliardi. Va sur l'autoroute, nous aurons les coudées franches.

Cette fois-ci, Gagliardi obtempéra sans poser de questions et se glissa prestement derrière le volant. Bolan passa par-dessus lui et se laissa glisser sur le siège arrière. Il dégaina son KA-BAR, le planta dans le coin supérieur de la lunette arrière et commença à tirer. La vitre céda facilement. Le vent s'engouffra dans l'habitacle au moment où Gagliardi quittait la bretelle d'accès de l'autoroute et s'engageait dans le trafic.

Un dimanche matin, à cette heure matinale, il n'y avait pas grand monde sur l'I-10, et Bolan pensait que ça serait à leur avantage. Ils pourraient être plus efficaces s'ils n'étaient pas gênés par les autres véhicules. La berline roulait au même rythme qu'eux et commençait à gagner du terrain. La voiture de leurs poursuivants était certainement plus puissante que la leur, et il leur faudrait faire preuve d'astuce pour les semer.

Bolan prit son MP5SD3, le régla en mode rafale. Il le cala sur la plage arrière et épaula. Il inspira profondément, expira lentement, calmement, et lâcha une première bordée. Des étincelles apparurent sur la calandre de la voiture poursuiveuse. Immédiatement, de la vapeur s'échappa du capot. Elle se transforma rapidement en fumée noire. Bolan repéra le point faible et tira une deuxième rafale, puis une troisième. Mortellement blessé, le moteur vomissait une épaisse fumée noire.

La voiture de leurs poursuivants ralentit, se rangea sur la bande d'arrêt d'urgence et la distance entre les deux véhicules augmenta rapidement.

Bolan se détendit, mais son soulagement fut de

courte durée. Un pick-up rouge brillant avait surgi sur l'autoroute juste devant eux. Au moment où ils dépassaient la bretelle d'accès par laquelle il était entré, deux autres véhicules entrèrent à leur tour sur l'autoroute et vinrent se placer juste derrière eux.

— Ils essayent de nous coincer, dit Bolan.

Comme Gagliardi ne répondait pas, Bolan se retourna et vit qu'il avait le téléphone collé à l'oreille. A un moment donné pendant les dernières minutes, il avait pris le téléphone de Bolan et, maintenant, il hurlait à pleins poumons qu'ils avaient besoin d'aide.

— Je n'en ai rien à foutre qu'on soit dimanche, criait Gagliardi. On est dans une merde noire. Alors vous appelez mon superviseur, et vous l'appelez rapidement.

Leurs regards se croisèrent dans le rétroviseur.

— Des putains de bureaucrates ! cracha l'agent de la D.E.A.

L'Exécuteur faillit éclater de rire en entendant ce commentaire, mais il se dit que le moment était probablement mal choisi. Les sarcasmes et les quolibets de Gagliardi lui rappelaient quelqu'un, un certain Jack Grimaldi. Il avait un sale caractère, mais gardait son sang-froid au combat. C'était un type sur lequel il pouvait toujours compter.

Bolan retrouvait ces traits de caractère chez Gagliardi, et il devait reconnaître que cela l'impressionnait.

— Garde le cap ! ordonna-t-il.

Gagliardi désigna le pick-up devant eux.

— Et eux ?

— Toi, tu conduis, moi je m'occupe des *Zetas*, répondit Bolan. Place-toi à côté d'eux.

Gagliardi fit ce qu'on lui demandait. Il enfonça

l'accélérateur, déboîta sur la file de gauche et vint se placer au niveau du pick-up. Bolan sortit son MP5SD3 et truffa le pick-up de balles. Le conducteur fit une embardée pour tenter d'éviter son attaque et les deux *Zetas* qui étaient à l'arrière se mirent aussitôt à répliquer sur le même ton. Bolan changea de tactique et dirigea ses tirs sur les pneus. Il y eut une double explosion et le conducteur perdit le contrôle. Le pick-up tangua, fit une série de tonneaux et termina sa course contre le rail de sécurité.

Les deux autres berlines les suivaient toujours et gagnaient du terrain. Elles étaient presque sur eux quand une voiture pie, toutes sirènes hurlantes, se joignit à la course ; Bolan reconnut immédiatement une voiture de la police de l'Arizona. Ou ils étaient là par hasard, ou le message de Gagliardi était finalement passé. Dans les deux cas, cela inquiétait Bolan. Les flics n'avaient certainement pas conscience du merdier dans lequel ils se jetaient.

Bolan remarqua qu'une des deux voitures prenait un peu de champ pendant que l'autre venait se placer devant la voiture de patrouille. Soudain, il vit le canon d'une arme émerger d'une fenêtre de la voiture de queue. Le policier au volant de la voiture de patrouille devait concentrer son attention sur la voiture devant, se figurant que celle qui le suivait n'avait rien à voir avec tout ça.

Bolan prit son MP5SD3 mais le percuteur claqua dans le vide. Il le jeta et s'empara de son Desert Eagle.44. Il l'empoigna à deux mains, visa le véhicule de tête, juste à droite du canon et tira deux fois. La première balle fit un trou dans le pare-brise de la berline de queue. Mais la seconde atteignit sa cible. Le canon de l'arme disparut et un nuage de sang indiqua à Bolan qu'il avait fait mouche.

Bolan se demandait si l'officier de police avait compris qui était avec qui. Bien sûr, le simple fait d'avoir descendu l'homme qui le menaçait ne signifiait pas qu'il avait conscience d'avoir échappé à une mort certaine, mais le Guerrier se disait que ça devrait au moins inciter le policier à réévaluer la situation. La tactique de Bolan eut un effet immédiat. Le policier accéléra, déboîta et entreprit de dépasser la voiture qui était devant lui.

Il essaya de se placer entre la voiture ennemie et celle de Bolan. Mais à chaque tentative il se rapprochait dangereusement de l'un ou l'autre véhicule, risquant chaque fois un accrochage qui aurait été fatal, à cette vitesse. Et tout le monde en avait conscience. Bolan se tourna vers Gagliardi et lui ordonna de prendre la prochaine sortie.

L'Exécuteur avait décidé qu'il était temps de mettre un point final à ce rodéo et d'attirer leurs ennemis dans un endroit où Vince et lui pourraient leur régler leurs comptes.

Gagliardi fit ce que Bolan lui avait demandé. Ils avaient franchi les limites de Phoenix et pénétraient dans les faubourgs de Tempe. Gagliardi sortit à Elliot Road, juste à la fin du tronçon connu sous le nom d'Autoroute de Maricopa, et tourna brutalement sur la droite en bas de la bretelle de sortie. Comme Bolan l'avait espéré, ils durent ralentir car ils pénétraient dans une zone urbaine commerçante. Les magasins n'étaient pas encore ouverts et il y avait peu de trafic.

Les quatre véhicules s'engagèrent sur l'avenue à quatre voies. Les commerces laissèrent la place à des maisons d'habitation. La route se rétrécit progressivement. Ils se dirigeaient vers l'est. Plein sud, Bolan repéra une espèce de terrain vague.

— Vince, demanda Bolan, où va cette route ?

— Elle fait une grande boucle et revient vers le centre.

— Nous devons quitter cette route et trouver un endroit dégagé. Tu as une idée ?

— C'est ce que je me disais, répondit Gagliardi. Un peu plus loin, il y a un arroyo, un grand torrent qui est à sec en cette saison. On devrait pouvoir s'arrêter là et les bloquer.

— N'oublie pas que nous avons une voiture de police au cul.

— Tu veux dire trois.

Deux autres voitures de la police de Tempe venaient à leur rencontre, toutes sirènes hurlantes.

— Si nous ne trouvons pas une solution rapidement, ça va se finir en bataille rangée avec la police, fit remarquer Bolan.

— J'y travaille, répondit Gagliardi en serrant les dents.

Comme par miracle, le pont qui enjambait le lit asséché de la rivière apparut devant eux. Bolan s'arcbouta, il avait deviné ce que Gagliardi avait en tête.

Assis au volant, l'agent de la D.E.A. avait l'air en pleine possession de ses moyens. Mais il venait de subir des épreuves terribles et Bolan se demandait s'il avait encore toute sa tête. La seconde d'après, alors que Gagliardi quittait violemment la route, la question semblait avoir perdu de sa pertinence. Il percuta la clôture d'une villa, traversa la pelouse d'herbe sèche et jaunie qui conduisait jusqu'au lit asséché de la rivière.

— Accroche-toi, cria Gagliardi en écrasant la pédale de frein.

La voiture se mit à descendre en cahotant vers le lit du torrent.

Quand ils atteignirent le fond de l'arroyo, Bolan lui ordonna de reprendre de la vitesse pour remonter de l'autre côté. L'Exécuteur engagea un nouveau chargeur dans son fusil-mitrailleur. Gagliardi conduisait comme un vrai pro. Quand ils atteignirent l'autre côté de la rivière, il écrasa les freins et fit un 180° parfait. La voiture s'arrêta dans un nuage de poussière, le nez tourné vers le bas du torrent.

Bolan sauta de la voiture et chercha un poste de tir. Les deux voitures qui les pourchassaient avaient suivi leurs traces et dévalaient la pente. Quand elles atteignirent le fond du torrent, Bolan ouvrit le feu, vidant son chargeur. Une véritable tempête de plomb percuta les deux véhicules des *Zetas* et prit les deux conducteurs au dépourvu. Ils firent la seule chose qu'ils pouvaient faire, car ils n'avaient pas assez de vitesse pour remonter de l'autre côté : ils tentèrent de se séparer. Malheureusement pour eux, leurs roues patinaient dans l'épaisse couche de sable qui couvrait le fond asséché du torrent.

Bolan salua intérieurement l'ingéniosité de Gagliardi. Il était originaire du coin et connaissait bien le terrain. Il avait tout de suite compris que s'il pouvait attirer les *Zetas* par ici, ils seraient en position de force pour les attaquer et mettre un terme à cette poursuite. Son plan avait fonctionné à merveille et l'escadron de voitures de police qui arrivait suffirait à dissuader les *Zetas* de leur donner la chasse.

— Je crois qu'il est temps de se tirer, cria Bolan après avoir vidé son chargeur.

— Ça me va, répondit Gagliardi.

Les deux hommes remontèrent dans la voiture de location. Gagliardi se remit au volant et s'engagea sur l'étroit chemin de terre qui longeait l'arroyo. Bolan se retourna et vit les voitures de la police s'arrêter au sommet du canyon. Les deux berlines des *Zetas* essayaient sans succès de s'enfuir. Le coin grouillait littéralement de flics. Une partie d'entre eux se mettait en position tandis qu'un autre groupe descendait vers le fond pour capturer les tueurs des *Zetas*.

— Ça devrait les occuper un moment, fit remarquer Bolan.

— Je ne me sens pas très bien, dit tout à coup Gagliardi.

Bolan se retourna vers lui et remarqua aussitôt que son visage avait viré au gris. Des gouttes de sueur dégoulinaient sur son front. Il le regarda plus attentivement et vit que la cuisse droite de l'agent de la D.E.A. saignait abondamment.

— Tu as été touché, dit Bolan, range-toi sur le côté.

Gagliardi abaissa son regard et vit aussi qu'il saignait.

— Ça va aller, je peux tenir encore un peu.

Bolan mit la main sur son épaule.

— Gare-toi, Vince, fais ce que je te dis.

Quelque chose dans le ton de Bolan le décida à obtempérer. Ou alors Gagliardi réalisa que c'était la voix de la sagesse. Quoi qu'il en soit, il fit ce qu'on lui demandait. Bolan prit un nécessaire de secours dans son sac et banda la cuisse de l'homme.

— Ça devrait aller, dit Bolan quand il eut fini le pansement. Mais il faut t'amener à l'hôpital.

— O.K., répondit Gagliardi.

Et, plus calmement, il ajouta :

— Cooper ?

— Ouais ?

— Merci… Merci de m'avoir tiré de là.

— Pas de quoi, répondit Bolan. Tu aurais fait la même chose.

— Comment m'as-tu retrouvé ?

— Si je te le disais, tu ne me croirais pas.

Coup de bol, Bolan repéra un hôpital à dix minutes de l'endroit où ils se trouvaient. Ils arrivèrent juste à temps.

— Il a perdu beaucoup de sang, dit l'interne des urgences, mais ça ira.

Quand il vit que Gagliardi allait s'en sortir, Bolan disparut. Il ne voulait pas avoir à répondre aux dizaines de questions qu'on ne manquerait pas de lui poser. Il avait donné l'identité de Gagliardi au médecin et les flics, ainsi qu'un bataillon d'agent de la D.E.A. n'allaient pas tarder à rappliquer.

Un simple coup de fil au Ranch suffirait à le tirer de n'importe quel merdier avec la police locale, mais pour l'instant il préférait conserver sa liberté de mouvement. Les choses étaient tellement devenues brûlantes qu'on ne pouvait pas savoir quels effets produiraient sa dernière échauffourée avec les *Zetas*. Les deux bandes devaient s'activer ferme pour répliquer à ce qu'ils croyaient être une attaque de l'autre camp. Les leaders des deux gangs devaient être à cran, peut-être même complètement paniqués, et sous l'effet de la panique, les hommes perdent vite toute rationalité. L'Exécuteur avait essayé d'empêcher une guerre entre les deux factions, et tout ce qu'il avait fait, c'était d'accélérer le mouvement.

Bolan avait donné l'impulsion de départ et poussé ses ennemis à réagir. Il réalisa que les conséquences pouvaient être très graves, mais savait aussi qu'il devait sauver Gagliardi. S'il voulait pouvoir continuer à se regarder dans une glace, il fallait parfois que le sens de l'amitié et du devoir prenne le pas sur les considérations stratégiques.

On n'abandonne personne sur le champ de bataille.

Bolan avait fait sienne la devise des Rangers de l'armée américaine et de nombreux autres groupes de combattants. Il ne pouvait pas rester les bras croisés pendant que Gagliardi se faisait descendre.

Il y avait assez de fantômes qui hantaient sa conscience comme cela.

Bolan trouva une cabine téléphonique et appela le capitaine Joseph Halls.

— Ouais ?

Halls avait décroché avant même la fin de la première sonnerie.

— C'est moi.

— Cooper ! Vous voulez que j'aie une attaque ? C'est ça que vous voulez ? Continuez comme ça et je serai bon pour la camisole de force.

Bolan fit comme si de rien n'était.

— Je vous avais dit que ça allait chauffer.

— Chauffer ? Au cas où vous ne seriez pas au courant, il y a un escadron entier des SWAT et une unité des

Opérations Spéciales qui sont à votre recherche. Ils ont votre portrait-robot et... Un instant.

Il mit sa main sur le combiné, mais Bolan pouvait encore entendre la voix étouffée de Halls.

— Quoi ? O.K., O.K. Je regarderai ça tout à l'heure. Merci. Tant que vous y êtes, fermez la porte derrière vous. Je n'ai pas besoin que tout ce putain de commissariat écoute mes conversations téléphoniques.

Sa voix redevint claire.

— Cooper, vous êtes toujours là ?
— Je suis là, répondit Bolan.
— Il semble que votre intuition était bonne, pour cette fille.
— Que voulez-vous dire ?
— Une patrouille l'a repérée il y a environ une heure. Elle errait dans la rue, complètement dans les vapes. Elle s'appelle Claudia Pacorbo, plus connue sous le pseudo d'Angel. C'est une escort girl qui fréquente le gratin de Phoenix. Elle trempe dans tout un tas de trucs louches. Plusieurs arrestations pour racolage. Elle avait reçu une sacrée raclée, mais elle avait un peu d'argent sur elle, et un mot lui ordonnant de quitter la ville. Le mot est signé Maldo. Ça vous dit quelque chose ?
— Non, rien
— On l'a laissé repartir parce qu'on n'avait rien contre elle. Je crois que je vais quand même la faire suivre pour voir où elle va.
— Compris. Maintenant écoutez-moi bien parce que je n'ai pas beaucoup de temps. Les types qui nous poursuivaient sont tous membres des *Zetas*. Il y a un flic à l'hôpital Chandler. Un agent de la D.E.A. qui

était infiltré depuis six mois dans cette bande. Je suis allé l'exfiltrer et les choses ont mal tourné.

— Et vous vous attendiez à quoi au juste ? ironisa Halls. Si vous chatouillez ces types sous le menton, ils tirent aussitôt dans tous les sens.

— Ça ne m'a pas surpris plus que ça, répliqua Bolan. Mais je suis emmerdé quand même, ajouta-t-il. Je suis emmerdé, parce que, apparemment, il y a quelqu'un qui est au courant de ma présence. Et ça, avant même notre petit marché.

— Qu'est-ce que vous sous-entendez ?

— Rien. Je n'ai pas l'habitude de parler sans preuves. Ça ne sert à rien. Je vous dis simplement d'être prudent. Il y a peut-être dans votre propre service quelqu'un qui ne vous veut pas que du bien. Nous savons tous les deux que ces cartels mexicains ont de gros portefeuilles bien remplis. Suffisamment remplis en tout cas pour corrompre les flics les plus réglos. J'en ai déjà vu de ces flics qui tournent mal pour rallonger un peu leur paye. Quelqu'un a cramé la couverture de mon ami de la D.E.A. Et je vais trouver qui. Et j'en profite pour vous avertir, surveillez vos fesses et ne faites confiance à personne.

— J'espère que je peux faire confiance au moins à une personne, *Cooper*.

— Vous pouvez me faire confiance, Halls. Ça sera tout jusqu'à ce que je sache exactement comment cet agent s'est fait griller. Maintenant, les deux camps doivent avoir compris qu'ils ne combattent pas les uns contre les autres et qu'il y a un troisième joueur. Et ils savent comment le trouver. Si je peux attirer leur attention sur moi, ça me permettra de les détourner de vos propres opérations. Comme ça vous pourrez sortir la tête de l'eau.

— Ça c'est une bonne nouvelle, répondit Halls en changeant de ton. Finalement nous avons réussi à retourner un de ces crétins et j'ai une bonne demi-douzaine de mandats d'arrêt en poche. Mon seul problème, c'est que...

Sa voix baissa d'un cran et Bolan l'interrompit.

— Quoi ?

— J'ai peur que vous soyez pris entre deux feux si nos routes se croisent par hasard.

— Ne vous faites pas de souci pour ça. Je vous préviendrai quand j'aurai quitté le nid de frelons. Comme ça vous aurez les mains libres. Mes priorités ont monté d'un cran. Maintenant, il faut que je trouve qui fait passer des renseignements aux deux camps. Parce que, maintenant, les deux ailes jouent contre le centre.

— Et c'est vous le centre.

— C'est ça.

— O.K., ça me va. Quand est-ce que vous me rappellerez ?

— Difficile à dire. Il faut d'abord que je trouve cette fuite. Je ne sais pas combien de temps ça va prendre. Et je ne sais pas non plus ce qui va sortir. C'est ça qui décidera de mon prochain coup.

— Bien. Essayez de m'appeler demain matin. Nous allons exécuter les mandats d'arrêt à la nuit tombante. Pour les avoir tous en même temps.

— Je ferai ce que je peux, répondit Bolan. Et merde à vous !

— Merde à vous aussi... Soldat.

Le terme surprit Bolan dans la bouche d'un flic aussi service-service que Halls. Le flic raccrocha avant que Bolan puisse lui dire autre chose. Il reposa lentement le combiné et retourna à sa voiture.

L'Exécuteur avait du travail. Il devait exterminer un animal nuisible.

Et il savait *exactement* par où commencer.

CHAPITRE VII

Hector Casco se trouvait devant un choix douloureux. Un de ceux qui vous donne des envies de meurtre.

Depuis longtemps, il travaillait avec acharnement pour échapper à ses racines. Il voulait s'élever socialement et conquérir une réputation d'homme d'affaires. Malheureusement, les événements récents risquaient de réduire ses efforts à néant. Il voyait bien qu'il allait devoir revenir aux bonnes vieilles méthodes, celles qui avaient fait leurs preuves s'il voulait reprendre la main.

Casco se souvenait parfaitement de l'époque où ce mystérieux emmerdeur, cet homme qui se faisait passer pour un soldat, mais qui ne trompait personne, avait exterminé le cartel de Carillo. Littéralement exterminé.

Depuis, ils avaient été nombreux à vouloir prendre la place de Carillo, mais sans succès. Maintenant, le cartel de Golfe et celui de Sinaloa étaient les deux acteurs les plus puissants. Mais la situation était encore très confuse. Et le pouvoir changeait de main, comme un bouchon dans la tempête. Un jour, le cartel du Golfe prenait l'avantage, le lendemain, le cartel de Sinaloa reprenait le contrôle.

Casco jura intérieurement. Ce *n'était pas* ce dont il avait besoin en ce moment. Il avait essayé d'entrer en contact avec un des chefs du cartel du Golfe, son égal dans la hiérarchie, mais jusque-là, Jorge Cardonna n'avait pas donné signe de vie. Le message avait pourtant été délivré par l'un des messagers les plus sûrs de l'équipe de Casco.

Mais ce qui l'énervait le plus, c'est qu'il n'arrivait pas à savoir sur qui il pouvait compter en dehors de lui-même.

Maldo, depuis qu'il était revenu de son « excursion » avec Pacorbo la putain, semblait broyer du noir. Casco n'y comprenait plus rien. Il ne se doutait pas que le chef de sa sécurité était aussi sensible. Combien d'hommes avait-il descendus, sans le moindre frémissement ? Ça devait être un truc psychologique profondément enfoui qui lui interdisait de faire du mal à une femelle. Et putain, ce n'était vraiment pas le moment pour les trucs psychologiques. Ils étaient en guerre et la guerre imposait des mesures radicales.

Casco était assis derrière son bureau et réfléchissait à son prochain coup. Quoi qu'il fasse, il n'avait pas droit à l'erreur. Il fallait qu'il développe une nouvelle stratégie, quelque chose auquel Jose Carillo n'avait pas pensé quand il avait eu affaire à ce type. Celui que ses hommes surnommaient *El Diablo en Negro*, le Diable Noir.

Il avait appris il y a moins d'une heure que les *Zetas* avaient eu eux aussi maille à partir avec ce bâtard et qu'il avait réussi à les attirer dans un piège. Les hommes des *Zetas* avaient été encerclés par les flics. Du coup,

Casco se demandait si le Diable Noir marchait la main dans la main avec la police.

D'après ses informations, le type opérait en solo, mais parfois, il semblait être de mèche avec la D.E.A. Il avait certainement eu de l'aide quand il s'était attaqué au cartel de Carillo. Des rumeurs prétendaient qu'il avait affronté une cinquantaine de soldats colombiens des FARC et qu'il les avait exterminés à lui tout seul.

O.K., Casco comprenait bien que cet homme était dangereux. Mais il était fait de chair et de sang. Donc il avait les mêmes points faibles que n'importe quel homme.

Ce qui l'intéressait davantage, c'est que l'homme semblait accorder de la valeur à la vie des passants et des badauds. En tout cas, on lui avait raconté que le bonhomme était très prudent. Quand il passait à l'action, il s'arrangeait toujours pour que ce soit loin d'un endroit où il pourrait y avoir du monde. C'était peut-être une coïncidence, mais Casco n'y croyait pas. De toute façon, c'était tout ce qu'il avait. Le Diable Noir se souciait du sort des innocents, et c'était sans doute son seul point faible. Pour Casco, la meilleure stratégie c'était d'utiliser cet unique point faible.

Casco prit le téléphone intérieur :

— Maldo ! Rapplique dans mon bureau et prends deux hommes avec toi.

Quand il raccrocha, un sourire planait sur ses lèvres. Il savait exactement quelle stratégie employer, une stratégie qui lui permettrait d'attirer cet emmerdeur dans un piège. Et ce serait parfait.

***

L'Exécuteur s'était dissimulé dans l'ombre d'une ruelle et surveillait l'entrée de la pharmacie.

Il était presque midi et l'endroit allait bientôt ouvrir, si on en croyait le panneau sur la porte vitrée. Pourtant, il ne se passait rien. Bolan était là depuis presque une heure et il n'y avait aucun mouvement. Personne ne s'était pointé pour ouvrir le magasin et Bolan se demandait si Halls et ses hommes n'avaient pas fermé l'endroit après leur raid foireux.

D'une manière ou d'une autre, Bolan n'arrivait pas à y croire.

Les informations que Gagliardi lui avait données, et qui l'avaient incité à enquêter sur cet endroit, avaient l'air fiables. Si Halls n'était pas venu se jeter dans la gueule du loup, Bolan aurait facilement trouvé les renseignements qu'il cherchait. Enfin, c'était la seule piste qui lui restait, et il ne lui restait plus qu'à patienter pour voir qui allait pointer le bout de son nez.

A cette heure, il n'y avait pas grand monde dans la rue. Sur le bitume, on voyait encore les endroits où les membres du gang des *Negros* avaient rendu l'âme. Les services de la ville avaient tout nettoyé, mais, si on regardait avec attention, on distinguait encore des traces de sang.

Pendant un moment, Bolan se sentit envahi par la pitié. Il ne prenait aucun plaisir à ce qu'il faisait. Il n'en avait jamais éprouvé. C'est pendant son service militaire qu'on lui avait donné le surnom d'Exécuteur. Et il l'avait accepté sans se plaindre. Il l'avait même repris dans sa guerre contre toutes les mafias. Mais pendant ses années d'armée, on lui avait aussi donné un autre surnom : Sergent Miséricorde. Pas parce qu'il avait pitié de ses ennemis ; si ça avait été le cas, il serait déjà six pieds sous terre. Mais parce qu'il montrait de la compassion pour les civils innocents, quel que soit leur camp.

Bolan ne s'était jamais acharné sur les flics non plus. Il les considérait comme des soldats et comme des alliés. Parfois, il avait dû exécuter des flics véreux. Mais il n'avait jamais tiré sur un officier de police en service, un flic de base, ou un membre des forces spéciales ? Non… Jamais.

Il avait toujours refusé de céder à ces pulsions prédatrices et meurtrières, parce que c'était tout ce qui le différenciait de ceux qu'il combattait. La différence était aussi fine qu'une feuille de papier à cigarette, mais c'était son honneur. D'ailleurs, il n'avait pas les mains liées comme Halls et ses hommes. Et il combattait toujours avec tous les moyens à sa disposition.

Un éclair sur la porte de la pharmacie attira son attention. Elle était en train de s'ouvrir. Peu après, le lourd rideau de fer se souleva et une silhouette massive sortit de l'ombre. L'homme était vêtu d'un jean et d'une chemisette noire sur laquelle il portait un gilet rayé aux couleurs de la pharmacie. Ses bras musculeux étaient couverts de tatouages. Sa tête soigneusement rasée luisait au soleil. Son déguisement d'employé de la pharmacie aurait peut-être pu tromper un œil inexpérimenté, mais pas le regard acéré de Bolan.

L'homme était un gros bras du cartel de Sinaloa.

Bolan quitta l'ombre de la ruelle et traversa rapidement la rue.

L'homme ne l'avait pas remarqué, mais, au dernier moment, il se retourna et son regard croisa celui de Bolan. L'Exécuteur lui tomba dessus avant qu'il ait eu le temps de réagir. Il l'attrapa par la chemise et le repoussa dans la pharmacie. Le colosse ne semblait pas habitué à un tel traitement et essaya de se libérer. Mais il n'avait aucune chance contre un guerrier deux fois plus costaud et deux fois plus agile que lui. Quand Bolan empoignait un adversaire, la force pure n'était d'aucune utilité.

Une fois à l'intérieur, Bolan referma la porte d'un coup de pied et projeta le malabar à travers la pièce. L'homme heurta le comptoir et grogna. Il reprit rapidement son souffle et se jeta sur Bolan. Il essaya de l'assommer avec un poing de la taille d'un jambon. Mais Bolan vit le coup venir de loin. Le Guerrier fit un pas en avant et lança son attaque. D'une main il exerça une pression terrible sur le nerf principal de son bras droit, de l'autre il le frappa au cou. Il enchaîna immédiatement avec un coup de genou dans l'aine. L'homme se plia en deux et Bolan le frappa violemment sur les oreilles, les deux mains ouvertes.

Le colosse s'effondra sur le linoléum astiqué de la pharmacie.

Il essaya aussitôt de se relever, mais le métal froid du canon du Beretta de Bolan contre son oreille le fit changer d'avis.

— Qu'est-ce que tu veux ?
— Des renseignements.
— Tu peux toujours te brosser.
— Mauvaise réponse, dit Bolan en reculant d'un pas.

Il surveillait l'homme car il n'avait pas l'intention de se laisser prendre par surprise.

— Nous allons tout reprendre de zéro.

— Je ne dirai rien, *Pinche*.

L'homme releva la tête et fixa Bolan.

— De toute façon, tu vas me descendre.

Bolan sourit doucement.

— Si j'avais voulu te tuer, ça serait déjà fait. Je n'avais même pas besoin de venir jusqu'ici.

— Je ne suis pas une donneuse. Je ne parle pas aux flics.

— Je ne suis pas un flic, répliqua Bolan. Cela dit, j'ai des amis dans la police et je peux t'arranger un rendez-vous.

— Va te faire foutre. Les flics, je les repère à des kilomètres.

— Changeons de sujet de conversation, dit Bolan en soupirant.

Le voyou éclata de rire.

— T'es sourd ou quoi, mec ? Je ne dirai rien. Tu n'as pas idée de qui tu attaques. Tu viens de franchir la ligne rouge, et tu ne pourras pas faire marche arrière.

— Ah oui ? Ça m'est déjà arrivé une paire de fois. Ce n'est pas aussi terrible qu'on le dit.

Il y eut comme un éclair de lucidité dans les yeux noirs de l'homme. Ses pupilles brillaient.

— Mec, je sais qui tu es ! T'es complètement cinoque. Ta tête est mise à prix dans toute la ville. Et la récompense est tellement importante que tu ne pourras même pas aller chier sans quelqu'un pour essayer de te torcher.

— Ça c'est marrant, répondit Bolan, impassible.

C'est justement ce dont je veux parler. Il s'agit d'Hector Casco ?

— Qui ça ?

— Ne me prends pas pour plus con que je ne suis. Je ne suis pas d'humeur. Je sais parfaitement que Casco utilise cet endroit comme couverture pour ses différents trafics. Et je sais aussi que toi et les autres crétins vous travaillez pour lui. Hier, quelqu'un a tendu une embuscade aux flics. Qu'est-ce que tu sais là-dessus ?

— J'␣'emmerde, *hombre*. Tu vas piger ?

— J'ai pigé.

Bolan assomma l'homme d'un coup de crosse derrière l'oreille. Il lui attacha les mains dans le dos avec un collier en Nylon.

Puis, il inspecta le rez-de-chaussée de la pharmacie sans rien trouver d'intéressant. Mais le bâtiment avait deux autres étages, tout espoir n'était donc pas perdu. Il finit par trouver une porte à l'arrière. Elle donnait sur un escalier. Bolan commença à monter, le Beretta à la main. L'étroit escalier n'était éclairé que par une seule ampoule d'un jaune pisseux. Bolan parvint au premier étage sans encombre.

Il inspecta une à une les pièces qui donnaient sur le couloir. Elles étaient vides, sauf la dernière. Elle avait été aménagée en studio, avec un lit, une kitchenette et un bureau sur lequel trônait un ordinateur portable.

Bolan se dirigea vers le bureau et effleura une touche sur le clavier. L'écran s'alluma et le disque dur se réveilla en soupirant. Bolan s'aperçut que l'ordinateur n'était pas protégé.

Une rapide exploration des fichiers lui fournit plus de renseignements qu'il n'espérait. Il n'avait pas le temps de fouiller tout ça, mais il connaissait quelqu'un qui pourrait le faire. Bolan débrancha l'ordinateur et redescendit au rez-de-chaussée.

Le colosse était toujours inconscient. Bolan l'enjamba et sortit dans la rue.

— C'est une vraie mine d'or que tu as trouvée, fit Herman « Gadgets » Schwarz.

— Enfin une bonne nouvelle, répondit Bolan. Qu'est-ce que ça raconte ?

— Eh bien, si je déchiffre correctement ce que tu m'as envoyé, c'est la comptabilité d'un certain nombre de sociétés implantées dans des paradis fiscaux qui servent à financer une usine. Cette usine est opportunément située à côté de Nogales, juste à côté de la frontière, côté américain. Mais j'imagine que ça ne te surprend pas.

Bolan ironisa.

— J'en reste pantois.

— C'est bien ce que je me disais, répondit Gadgets, en éclatant d'un rire communicatif. Quoi qu'il en soit, reprit-il, au moins en surface, cette usine n'a aucun lien avec Hector Casco.

— Que veux-tu dire ?

— Que son nom n'apparaît nulle part. J'imagine que cette usine est une couverture qu'il utilise pour faire entrer la drogue dans tout le pays. Ça n'est un secret pour personne que Casco trempe dans tout un tas de trafics. Il a déjà été arrêté plusieurs fois, pour des délits mineurs. Il y a environ sept ans, une procédure du grand jury a débouché sur un non-lieu parce que le seul et unique témoin de l'accusation a disparu. Le juge a laissé tomber quand les avocats de Casco ont déposé un recours.

— Et s'il n'avait pas abandonné les poursuites, il y aurait sans doute eu un joli pot-de-vin.

— Sans aucun doute, répondit Gadgets.

— Qu'est-ce que tu as de plus ?

Le génial informaticien lui donna l'adresse de l'usine.

— J'ai trouvé les plans. Tu les veux ?

— Ouais. Envoie-les sur mon portable.

— Striker ?

— Ouais ?

— Comment ça se passe de ton côté ?

— Qu'est-ce que tu veux dire ?

— Eh bien, d'ici tu donnes l'impression d'être bien occupé. Je sais que ce n'est pas notre affaire, mais Hal m'a chargé de te dire qu'il était prêt à t'envoyer de l'aide. Si tu en as besoin.

Bolan réfléchit un moment. La seule personne dont il aurait vraiment eu besoin, c'était Jack Grimaldi. Son plus vieux complice et un pilote hors pair. Mais il ne savait pas si Grimaldi n'était pas déjà engagé ailleurs. Il savait que ses amis voulaient seulement l'aider. Mais il sentait que c'était un truc qu'il se devait d'accomplir seul.

— Tu leur diras que j'apprécie leur offre, dit Bolan, mais j'ai démarré en solo et je finirai en solo.

— O.K. Tu sais que leur offre reste valable.

— Merci.

— Qu'est-ce que je peux te dire de plus sur Casco ?

— Il a des associés ?

— Il n'y a pas grand-chose à ce sujet. En fait, il n'y

a que très peu d'informations personnelles. J'imagine que tout ça est en sécurité quelque part. Je peux te dire ce que j'ai trouvé chez la D.E.A.

— Non. Ça, je l'ai déjà. Mais, puisqu'on en parle, est-ce que tu peux me rendre un service ? T'introduire dans les ordinateurs de la D.E.A. ? J'ai besoin de tout ce que tu peux trouver sur le référant de Vincent Gagliardi. C'est un agent qui est en poste au bureau de Phoenix.

— Tu cherches des trucs particuliers ?

— Pas vraiment. C'est juste une intuition.

— Je fais plus confiance à tes intuitions qu'à tous les experts scientifiques, Striker.

— Ne débouche pas le champagne trop tôt, se moqua Bolan. Est-ce qu'il est possible que Casco fasse plus que d'organiser le trafic de drogue dans cette usine ?

— Comme quoi ?

— Comme de la production ou de la transformation. C'est ça qui est intéressant en ce moment. Il y a une grosse demande pour le crack et les trucs dans le genre. Les drogues de synthèse ont le vent en poupe. Ça rapporte deux fois plus. Et en plus on réduit les risques puisqu'on peut les fabriquer sur place.

— Tu penses que Casco est en train de monter un business de grande envergure à Phoenix et dans ses environs pour prendre l'ascendant sur ses ennemis ?

— Exactement.

— Ça sonne bien, en tout cas.

— Ça expliquerait pourquoi Casco ne s'est jamais fait prendre. De ce côté de la frontière, c'est un homme d'affaires respectable. Il ne va pas se salir directement les mains, ni risquer toute son opération en faisant confiance à des gens du coin. Je suppose qu'il utilise l'usine pour fabriquer de la méthédrine. C'est une bonne couverture, il n'a pas à se soucier de la concurrence. Il peut aussi compter sur la coopération des autorités, puisque son usine fournit des emplois.

— Si tu as raison, Striker, c'est le genre de business qui doit rapporter des millions à Casco.

— Ça lui donnerait une position de force dans tout le Sud-Ouest. Ça lui permettrait de distancer ses concurrents, et particulièrement le cartel du Golfe.

— Ça doit leur donner des sueurs froides. Je suis sûr qu'ils ont mis sa tête à prix.

— Ils l'ont fait depuis longtemps. Mais il y a encore un truc qui ne colle pas.

— Quoi ?

— Le nom de Casco qui n'apparaît nulle part. En fait, pour ce que j'en sais, on ne l'a jamais vu en public. La seule photographie que j'ai vue de lui, c'est dans le dossier de la D.E.A. Elle avait été prise par la police mexicaine, quand il était jeune. Ça date au moins de quinze ans. Casco doit avoir changé aujourd'hui. Fais-moi une faveur, continue à creuser. J'ai besoin d'avoir du solide sur ce type avant qu'il ne soit trop tard.

— Bien reçu.

— Gadgets ?

— Ouais ?

— Dis bien merci à Hal pour moi.

— O.K., Striker. Bonne chasse.

CHAPITRE VIII

Bien qu'on soit dimanche matin, les services du gouverneur de l'Arizona, Elizabeth Kampp, vrombissaient comme une ruche ; une foule sans cesse grossissante de journalistes attendait sur les marches du Capitole. Madame le Gouverneur était assise à son bureau et fixait la fenêtre, le regard vide. Elle regrettait l'époque où elle n'était qu'une élue de base qui siégeait au sénat de l'Arizona. Tout était simple. Deux mois de session plénière, et elle pouvait passer le reste de son temps à voyager, faire campagne et s'occuper de sa famille.

Elle ne l'aurait jamais admis devant personne, mais ces derniers temps, elle regrettait ses ambitions politiques et sa décision de briguer le siège de gouverneur. Si elle avait eu le choix, elle aurait tout laissé tomber. Elle avait eu un parcours honorable tout au long de la législature précédente. Elle avait porté de projets de loi intéressants, et elle avait gagné le respect et la fidélité de ses électeurs. Et ce n'était pas parce qu'elle était une femme, la cinquième à occuper le poste de gouverneur de l'Arizona, plus que n'importe quel autre

Etat du pays, qu'elle avait acquis une solide réputation de réformatrice.

Bien sûr, elle n'avait pas remporté que des succès, pourtant elle s'était imposée comme un modèle de femme élégante et ambitieuse. Ses collaborateurs les plus proches l'encourageaient à s'engager dans la course à la présidence des Etats-Unis. Mais cette idée l'effrayait et elle l'avait repoussée avec détermination, même si elle l'avait fait avec dignité et humour. Ses supporters les plus fidèles ne se laissèrent pas décourager aussi facilement et ils revinrent à la charge, lui suggérant de briguer le poste de vice-président. De nouveau, elle avait décliné leur offre, et maintenant qu'elle avait l'expérience des plus hautes fonctions, si on pouvait considérer ainsi le poste de gouverneur de l'Etat d'Arizona, elle ne regrettait en rien sa décision.

Depuis qu'elle avait pris ses fonctions un an auparavant, les ennuis s'étaient succédé sans discontinuer. Le budget était en déficit, les élus se querellaient au lieu de prendre des décisions. Les fonctionnaires et ses collaborateurs commençaient à exiger qu'elle renvoie l'ascenseur pour l'avoir aidée à conquérir son poste. Peu importait que le crime et la misère progressent sans cesse pendant que la situation économique se dégradait. En plus, l'Arizona était bien placé pour conserver la place de capitale mondiale des enlèvements.

Des coups discrets sur la porte la tirèrent de sa rêverie.

— Madame le Gouverneur ?

Elle se retourna, un peu désorientée, mais se détendit quand elle vit entrer son chef de cabinet. Beau Hastings était aussi gay qu'on pouvait l'être. Il était élégamment vêtu d'une chemise rose, d'un gilet et d'une cravate gris clair. Quand elle était simple sénatrice, Beau s'était révélé un excellent attaché parlementaire. Elle l'avait donc emmené dans ses valises quand elle avait été élue au poste de gouverneur.

— Désolée, Beau, j'étais ailleurs. Que se passe-t-il ?

Hastings entra dans le bureau et referma la porte pour pouvoir parler librement. Il traversa la pièce, il tenait ses dossiers comme un joueur de rugby qui fonce vers l'embut.

— Posez ça sur mon bureau. De quoi s'agit-il ?
— Des rapports du G.I.E.
— De qui ?
— Du Groupe d'Intervention contre les Enlèvements de la police de Phoenix.
— Ah ! Oui… Ceux-là.

Le G.I.E. était dirigé par un le capitaine Halls, un dur à cuire souvent violent. Kampp ne l'avait rencontré qu'une fois et l'avait immédiatement catalogué comme un crétin de première classe. Elle avait d'abord songé à demander au chef de la police de le remplacer mais elle avait laissé tomber. C'était juste de la politique et elle ne trouvait pas juste d'utiliser son pouvoir pour virer un type, simplement parce que ce n'était pas une lumière. Par ailleurs, depuis plus de quinze ans, Halls avait d'excellents états de service, avec médailles et citations en pagaille. Sans oublier le fait qu'on lui avait attribué la Médaille du courage, la plus haute distinction qu'un officier de police pouvait recevoir. Elle était généralement attribuée à titre posthume.

Par ailleurs, on ne pouvait pas dire que Halls n'obtenait aucun résultat. La récente vague d'enlèvements qui secouait l'Arizona n'était pas due à l'inefficacité des services de police mais à la montée en puissance des groupes criminels qui les perpétuaient. La police de Phoenix faisait de son mieux pour gérer la situation, et elle devait le faire avec des moyens en régression constante. Kampp avait elle-même écrit au Président pour lui demander une aide supplémentaire. Elle était allée jusqu'à inviter le Président en personne à venir voir ce qui se passait. Mais il avait des choses plus urgentes à faire et il s'était contenté d'envoyer le directeur de cabinet du ministère de la Justice pour les aider.

Ha ! C'était vraiment une bonne blague. Le DirCab en question était resté assis sur son gros cul, se bâfrant de petits-fours dans les réceptions officielles et se contentant de grogner comme un gorille entre deux bouchées. Pendant toute leur entrevue, Kampp s'était sentie comme une parfaite idiote. Bien sûr, le type avait dit oui à tout. Il fallait agir, et quand il serait rentré au ministère, il botterait quelques derrières pour faire bouger les choses.

Il ne s'était rien passé. Au bout de trois mois, Kampp et Beau lui avaient envoyé un e-mail. Au bout de six mois, Kampp s'était décidée à lui téléphoner directement. Elle lui avait laissé message sur message, mais il ne l'avait jamais rappelée. Alors qu'elle n'y pensait même plus, ses services avaient reçu une lettre d'excuses officielles qui l'assurait qu'on était attentif à la situation en haut lieu.

Elle avait laissé tomber.

— Et pendant ce temps, on continue d'enlever nos concitoyens dans la rue quand ce n'est pas directement dans leurs maisons, avait-elle confié à son mari.

— Ne t'en fais pas, ma chérie, lui avait-il répondu. Toute ta famille croit en toi.

Elle savait qu'il essayait juste de la rassurer. C'était déjà pas mal, compte tenu du fait qu'il était opposé à sa candidature au poste de gouverneur. Oh ! il ne se serait jamais permis de le dire clairement, mais elle l'avait deviné à son regard, quand elle lui avait annoncé son intention de se porter candidate. Pendant une fraction de seconde, son expression avait changé, puis, il avait hoché la tête et lui avait souri. C'était ce qu'il y avait de plus exaspérant chez lui, et peut-être ce qu'elle aimait le plus. Il était calme, sans pour autant tomber dans la mélancolie. Il était souvent triste de voir qu'elle n'était plus aussi disponible qu'il l'aurait souhaité.

Ses parents avaient essayé de la dissuader d'épouser ce jeune professeur de chimie. Après tout, elle était presque de « sang royal » avec son père et son grand-père qui avaient exercé, toute leur vie durant, les plus hautes responsabilités politiques. Kampp, dès sa plus tendre enfance, n'avait jamais envisagé de faire autre chose que de la politique. C'était un héritage familial, inscrit dans son ADN. Toute petite, elle accompagnait de temps en temps son père aux sessions parlementaires et elle trouvait les grandes salles de réunions majestueuses et imposantes. Elle était toujours fascinée quand les hommes, et les femmes, prenaient la parole pour défendre leurs opinions dans des discours qu'elle trouvait merveilleux.

Dès son enfance, Elizabeth Kampp avait su ce qu'elle voulait faire.

— Elizabeth, je…

Hastings marqua une pause.

— Qu'y a-t-il, Beau ?

Elle lui sourit.

— Tu sais que tu peux parler librement quand nous sommes seuls.

— Je ne voudrais pas sortir du rôle qui est le mien.

— Je te le dirai si ça arrive.

— Merci, madame.

Hastings hésita et ça sortit d'un coup.

— Ce n'est pas grand-chose. Je m'inquiète beaucoup pour la sécurité de nos concitoyens. Madame le Gouverneur, les citoyens de ce grand Etat ont placé leur confiance en vous, ils pensent que vous agirez toujours au mieux de leurs intérêts. Mais depuis quelque temps, je vous trouve comme résignée, comme si plus rien ne vous intéressait... Je sais que c'est faux, parce que vous avez toujours été une personne soucieuse des autres, donc je ne crois pas que vous êtes devenue indifférente, je vous prie de me croire. Mais ça m'embête énormément que les autres le pensent, vous savez bien que je n'écoute pas les ragots qu'on colporte un peu partout, mais c'est toujours gênant quand vous entendez des choses alors que les gens croient que vous ne les écoutez pas. Et alors... c'est très déconcertant... et c'est tout... ce que je voulais dire. Voilà.

— Et c'est tout ? demanda-t-elle, incapable de dissimuler son amusement.

— Oui. Enfin, non. Je voulais aussi vous dire que je suis toujours avec vous, et que finalement... ce n'est pas si important...

— Qu'est-ce qu'il y a, Beau ?

— J'ai peur, Elizabeth.

Ses yeux brillaient.

— J'ai peur de retourner à ma voiture le soir. J'ai peur d'aller aux toilettes dans un endroit public. Je mets deux fois plus de temps à rentrer chez moi parce que je veux être sûr qu'il n'y a pas quelqu'un, caché dans l'ombre, prêt à me sauter dessus quand je mettrai la clé dans la serrure. Tous les soirs, je mange devant la télé en regardant des feuilletons à l'eau de rose. Je n'ose plus regarder les informations, de peur d'apprendre qu'il y a encore eu un enlèvement ou un meurtre. Vous savez combien de fois j'ai regardé *Titanic* et *Beethoven 2* ? Je pourrais vous les réciter par cœur.

Kampp se leva, contourna son bureau et mit ses mains sur ses épaules.

— Beau, je vous promets qu'il ne vous arrivera rien, je vous protégerai. C'est compris ? Nous faisons tout ce que nous pouvons pour mettre un terme à toute cette violence. La police travaille vingt-quatre heures sur vingt-quatre, je fais tout ce que je peux pour que le F.B.I. intervienne. J'en ai référé à la Maison Blanche, et à tout moment...

Le téléphone sonna, interrompant brutalement ce moment d'intimité. Kampp savait que Hastings comptait sur elle, trop sans doute pour un directeur de cabinet. Elle ne pouvait lui en vouloir, après tout, elle n'avait jamais essayé de l'en empêcher. Elle avait toujours assumé vis-à-vis de lui un rôle de mère, tout en respectant sa vie privée. Il respectait ses avis et ses décisions. Elle le respectait tout court.

Kampp prit le combiné à la deuxième sonnerie.

— Gouverneur Kampp.

— Gouverneur ? Je m'appelle Harold Brognola, Numéro Un du ministère de la Justice.

— Monsieur Brognola. Je suis contente de vous parler, mais j'attendais plutôt un coup de fil du bureau ovale. Pourriez-vous avoir l'amabilité de rappeler plus tard ?

— Madame le Gouverneur, ceci *est* un appel du bureau ovale.

Il y eut un silence. Kampp ne savait quelle attitude adopter. Elle avait été l'objet de vives critiques à cause de ses positions en faveur de l'administration de Washington. Dès les premiers jours de son mandat, elle avait apporté son soutien au Président et à certaines de ses décisions. Elle avait hérissé plus d'un pelage parmi ses supporters.

Qu'ils aillent au diable. Il y avait des vies dans la balance et pas de temps pour les ronds de jambe.

— Je vois, monsieur Brognola. Et... Est-ce que j'aurai l'honneur de parler au Président ?

— Il est assis juste en face de moi. Et il souhaite vous parler. Il m'a simplement demandé d'établir le contact. Est-ce que vous avez un moment ?

— Bien sûr.

— Gouverneur, je n'irai pas par quatre chemins. Je suis désolé, à titre personnel, du traitement qui vous a été réservé par le ministère de la Justice. Je vous assure que nous allons régler ce problème. En fait, vous devez probablement être en train de lire les rapports concernant les événements récents qui se sont produits à Phoenix.

— Je les ai reçus au courrier et je n'ai pas encore eu le temps de les regarder.

— Je vous les ai fait envoyer directement par internet il y a une heure.

— Vraiment ? Je croyais que ça venait du G.I.E. de la police de Phoenix.

— Ce sont bien des rapports sur leurs activités. C'est une façon de nous excuser pour tout ce bordel. Si vous me passez l'expression.

— Cela fait longtemps que je suis en politique, monsieur Brognola. J'ai entendu pire. Pas la peine de vous excuser.

— Très bien. Nous avons une proposition à vous faire. Vous verrez dans les rapports qu'il y a eu plusieurs arrestations récemment. Et que le G.I.E. en prépare plusieurs autres. Il y a aussi eu, comment dirais-je, plusieurs épisodes assez violents. Heureusement, toutes les victimes appartiennent aux cartels.

— Les criminels morts ne m'intéressent pas. Ce qui m'intéresse, ce sont les citoyens innocents qui reçoivent des balles perdues, les enfants qu'on enlève et qu'on tue. Ce qui m'intéresse, c'est la population qui panique devant une situation qui échappe à tout contrôle. Et en plus, monsieur Brognola, j'ai une armée de journalistes à ma porte qui veulent des réponses. Et tout ce que je peux leur dire, c'est qu'il y a quelqu'un, dans cette cité, qui veut déclencher une guerre.

— Oh ! Je peux vous garantir que nous ne faisons pas la guerre. C'est tout à fait le contraire.

— Monsieur Brognola, au risque de passer pour une emmerdeuse, je vous préviens que je ferai tout ce qui est en mon pouvoir pour protéger mes concitoyens. Vous savez que j'ai toute l'autorité nécessaire pour réprimer ce que je considère comme un état d'urgence. Je peux faire appel à la Garde Nationale, ou à l'armée si le besoin se fait sentir. Je peux fermer les frontières de l'Etat. Je peux le faire et je le ferai si on me force la main.

— Je n'ignore pas quels sont vos pouvoirs, madame le Gouverneur. Vous n'avez pas besoin de me menacer. Je suis de votre côté, ne l'oubliez pas, je vous en prie. Qu'est-ce que je peux faire pour vous aider ?

— Est-ce que vous pouvez envoyer des hommes supplémentaires ? Avec des officiers fédéraux capables de les tenir en laisse ?

— Ça sera fait. Quoi d'autre ?

— Et si vous rappeliez votre gorille qui court la ville en tuant des gangsters comme une chauve-souris de l'enfer ?

— Heu… Je ne peux pas m'exprimer ainsi…, répondit Brognola. Je crois que… Hum… Que vous devriez lui parler directement, si vous voulez des réponses à vos questions. Tout ce que je peux vous dire, c'est que les trafiquants et les kidnappeurs sont vos vrais ennemis, pas cet homme… si toutefois il existe. Les derniers rapports que j'ai reçus affirment que de nombreux membres du cartel de Sinaloa et de celui du Golfe sont sous les verrous. A l'heure où je vous parle, les opérations continuent dans toute la ville. Un peu partout, la police démantèle des réseaux, détruit des labos clandestins. J'ai été récemment informé que… heu… nous sommes en train de faire tomber un véritable pipeline qui achemine la drogue de Nogales jusqu'à Phoenix.

Kampp se tut, le temps de digérer ces informations.

— De toute évidence, vous avez abattu beaucoup de boulot en peu de temps. J'aurais aimé que quelqu'un pense à me prévenir.

— C'est ce que je suis en train de faire. L'occasion ne

s'est pas présentée avant. Et c'est sans doute pour cette raison que le Président m'a donné l'ordre de le faire.

— Vous travaillez vraiment pour le ministère de la Justice, monsieur Brognola ? Parce que vous semblez être assez intime avec la Présidence.

— Je ne peux rien dire sur ma position à la Maison Blanche. Mais soyez sûr que quand je demande qu'on saute, il n'y a que peu de personnes qui peuvent demander la hauteur du saut.

— O.K. Je vous crois sur parole.

— Merci, répondit Brognola. Je vous passe le Président, maintenant.

— Monsieur Brognola ? demanda-t-elle avec insistance.

— Oui ?

— Comment un homme seul peut-il venir à bout d'organisations criminelles aussi puissantes que le cartel de Sinaloa ou de celui du Golfe ? Ce que je veux dire, c'est que le gouvernement fédéral, avec tous les hommes et tous les moyens dont il dispose, n'y est pas arrivé. Autour de moi, les gens ont peur, je ne peux pas simplement leur dire que tous nos espoirs reposent sur un seul homme. Tout le monde va se moquer de moi.

— Il est vital que vous gardiez le secret le plus absolu sur ces opérations. C'est de la plus haute importance.

— Mais comment pouvez-vous être sûr de… ?

— Je vous passe le Président, répliqua Brognola.

CHAPITRE IX

Le téléphone de Bolan se mit à sonner. Le Guerrier posa ses jumelles et répondit.
— Ouais ?
— Striker, c'est Preston.
Evangelista Preston.
Depuis des années que Bolan entretenait cette étrange relation avec le gouvernement, Brognola lui avait souvent proposé une trêve et de rentrer au bercail.
Mais l'Exécuteur n'avait jamais pu se fier entièrement au grand cirque gouvernemental. Bien sûr, il faisait confiance à cent pour cent à Brognola — comme tous ceux qui combattaient à ses côtés — parce qu'il ne les avait jamais trahis. Brognola n'avait jamais donné à Bolan la moindre raison de douter de sa loyauté. Et, pour ce qu'il en savait, il ne lui avait jamais menti. En fait, Bolan faisait confiance au chef du Ranch plus qu'à n'importe qui au monde.
— Qu'est-ce qu'il y a ? demanda Bolan.
— Je t'appelle pour te dire que Gadgets a trouvé les renseignements que tu lui avais demandés sur le

référant de Vincent Gagliardi à la D.E.A. Il va te les envoyer d'une minute à l'autre.

— De toute évidence, tu ne m'appelles pas seulement pour ça, Evangelista, répondit doucement Bolan.

— Non. Je voulais aussi te prévenir que Hal a parlé au Patron et que nous avons l'autorisation officielle de nous impliquer dans cette mission. Nous pouvons donc te fournir toute l'aide dont tu as besoin.

Bolan réfléchit un moment.

— J'avais demandé à Gadgets de vous dire de rester à l'écart.

— Je sais, répondit-elle.

Elle se tut quelques secondes puis reprit.

— Ecoute, Striker... En fait... nous sommes inquiets pour toi. Tu combats un ennemi extrêmement puissant, sans aucun soutien. Hal déteste l'idée que tu pourrais disparaître sans que nous sachions ce qui t'est arrivé. Par ailleurs, il ne faudrait pas que tu tombes en panne de matériel ou de munitions. On t'envoie Jack, si tu es d'accord.

— Il est déjà parti ?

— Pour tout dire, oui.

— Donc je n'ai pas le choix. Merci. Merci à tous, ajouta-t-il après une pause.

— De rien.

— Est-ce qu'il y a autre chose ?

— Eh bien, ça t'intéressera peut-être de savoir que nous avons abattu du boulot depuis que tu nous as contactés pour la première fois. De toute évidence, ton action à Phoenix en a énervé plus d'un au gouvernement, y compris au bureau du gouverneur.

— Je suis désolé de l'apprendre, répondit Bolan.

Mais j'ai du mal à me sentir concerné par les conséquences de mes actions sur les campagnes électorales de qui que ce soit.

— Pour dire vrai, le gouverneur Elizabeth Kampp est quelqu'un d'honnête, aussi solide qu'on peut l'être. Elle te plaira sûrement si jamais tu la rencontres.

— Peut-être.

— Quoi qu'il en soit, après ton petit numéro d'hier, le capitaine Joseph Halls a profité de ton offre et il a appelé Hal Brognola. Ils se sont parlé cinq bonnes minutes et immédiatement après, Hal lui a passé le Patron.

— C'est marrant, répondit Bolan. Je croyais que le Président voulait ma peau.

— C'était vrai… mais pas celle de Cooper. Hal lui a expliqué la situation, les résultats que tu avais obtenus. Quand le Patron a compris que tu avais commencé tout ça de ton propre chef, et qu'un nombre important de têtes des cartels étaient tombées, il a changé d'avis et a décidé d'apporter… heu… à Cooper tout le soutien possible. Hal a parlé avec le gouverneur Kampp. Il lui a promis que tu agirais avec plus de discrétion et il lui a aussi demandé de te laisser les coudées franches.

— Et elle va le faire ?

— Hal pense que oui. Attends… Il arrive, je te le passe. Je mets le haut-parleur.

Il y eut un déclic, et, après un silence, Bolan entendit la voix de Brognola.

— Striker ? Tu m'entends ?

— Je suis là.

— O.K. Je me doute que tu dois être un peu énervé après moi parce que je n'ai pas fait ce que tu avais demandé, mais je n'ai pas eu le choix. Le Président a eu vent des événements et je crois qu'il a immédiatement compris que nous étions dans le coup.

— Tu as trouvé la fuite ?

— Pas encore.

— C'est pas grave, continue.

— O.K. Les choses bougent. A la suite de la tempête que tu as déclenchée ces deux derniers jours, une armée de journalistes a débarqué à Phoenix. Les services du gouverneur sont en alerte maximum. J'ai promis d'envoyer des troupes en renfort pour aider le... comment ils appellent ça... Le G.I.E., c'est ça ?

— Ouais. Ce Halls est un bon flic.

— Je lui ai parlé hier, il m'a fait une bonne impression, confirma Brognola. Crois-moi ou non, mais il est sur la même ligne que le gouverneur. Pas assez d'argent et pas assez de moyens pour résoudre les problèmes. Je lui ai affirmé, comme le souhaitait le Patron, que nous ferions tout ce qui est en notre pouvoir pour les aider à sortir de ce merdier. Mais je lui ai aussi dit que Kampp devait nous laisser les mains libres.

— Laisse-moi deviner. Ça, c'est leur part du marché.

— Exactement. Elle est d'accord pour regarder de l'autre côté pendant que tu mènes les choses à ta manière. De ton côté, essaye de ne piétiner les plates-bandes de personne. Si jamais tu dois retourner à Phoenix, avertis Halls, il se chargera de tranquilliser le gouverneur. Elle veut juste pouvoir dégager le terrain et protéger ses innocents concitoyens avant que ça ne devienne trop chaud.

— Je peux faire ça, pas de lézard, répondit Bolan. D'ailleurs, je pense qu'ils n'auront plus besoin de s'inquiéter. Apparemment, quand j'aurai fini ce que je dois faire à Nogales, je n'aurai pas besoin de retourner à Phoenix.

— Tu crois qu'ils vont s'attaquer à toi ? demanda Brognola.

— C'est une certitude. Il ne fait aucun doute que Casco et les autres cartels ont compris qu'ils ne se combattaient pas mutuellement. Au début, ça m'a ennuyé, mais j'ai réfléchi à une manière de faire jouer ça en ma faveur.

Evangelista intervint.

— Tu crois qu'ils vont se mettre à ta poursuite plutôt que de se combattre les uns les autres, et que ça va les détourner de leurs opérations à Phoenix ? Tu penses que cette diversion va permettre au Ranch et à nos hommes de nettoyer le terrain à Phoenix ?

— C'est exactement ça, répondit Bolan.

— Alors joyeux Noël, reprit Brognola. Parce que ça a l'air de marcher. Si j'en crois les renseignements que nous avons, Halls et ses hommes ont neutralisé une demi-douzaine de sites, juste à partir des tuyaux que tu leur avais transmis.

— Sans parler des dizaines d'arrestations dans les deux camps, ajouta Preston.

— Ouais, ils ont fait du bon boulot, approuva Bolan.

— Ils n'auraient rien pu faire sans toi, Striker, reprit Brognola sur le ton de l'évidence.

— Merci, Hal, mais ce n'est pas encore le moment de se décerner des médailles. Il y a encore pas mal de boulot à abattre.

Le bruit d'un gros moteur attira son attention. Il leva

les yeux et vit un semi-remorque s'approcher lentement de l'usine. C'était justement ce qu'il attendait.

— Ça va être le moment de passer à l'action, reprit Bolan. Il faut que j'y aille. Où est-ce que je dois retrouver Jack ?

— A l'ancien aéroport international de Nogales, à une dizaine de kilomètres au nord du quartier d'affaires du comté de Santa Cruz, dit Preston. Il a été fermé aux vols commerciaux en mai 2009.

— C'est parfait. Dites-lui que je le retrouverai là-bas quand j'en aurai terminé ici.

— Fais gaffe à toi, ajouta Brognola.

— Fin de transmission, coupa Bolan.

Le Guerrier raccrocha, reprit ses jumelles pour suivre la lente progression du semi-remorque. Il s'était posté à une centaine de mètres de la route poussiéreuse qui menait à l'entrée de l'usine. L'endroit était bien protégé : une clôture en grillage de quatre mètres surmontée de fil de fer barbelé, des caméras de surveillance à chaque angle du périmètre et un poste de garde à chacune des deux entrées. Avec ses jumelles, Bolan avait vu que les gardes étaient armés de pistolets-mitrailleurs. Apparemment, les deux portes d'entrée étaient protégées par un code.

Le camion serait son cheval de Troie.

Bolan rangea ses jumelles et jaillit de la cachette qu'il s'était aménagée au milieu des rochers et des buissons.

Il s'élança à travers le désert, sans faire attention aux épines et autres accidents de terrain qui s'accrochaient à son pantalon qu'il avait rentré dans ses bottes. Il avait troqué sa combinaison noire pour une tenue plus appropriée, un treillis six couleurs que l'armée américaine utilisait dans les contrées désertiques.

Le Beretta et le Desert Eagle étaient à leur place habituelle. Pour compléter, Bolan avait pris un FN-FNC en remplacement du MP-5 qu'il utilisait habituellement. Le FN-FNC était fabriqué en Belgique par FN Herstal. Bolan l'appréciait pour sa polyvalence. Il tirait des projectiles de 5.56x45 NATO. Il était équipé d'une culasse ouverte, comme son prédécesseur, le CAL, mais il était bien plus fiable. Quand la crosse était repliée, comme c'était le cas, il ressemblait à une carabine d'environ soixante-quinze centimètres. Il avait prouvé sa fiabilité dans les conditions d'utilisation les plus extrêmes.

Sur son harnais de combat, il avait accroché son poignard KA-BAR, la poignée vers le bas pour pouvoir le prendre plus rapidement, et deux grenades à fragmentation M-62. Bolan aurait préféré des DM-51, des grenades autrichiennes qui peuvent être utilisées en mode offensif ou en mode défensif, mais il ne lui en restait plus beaucoup. Grimaldi tombait à pic avec son avion bourré jusqu'à la gueule de matériel et d'armement.

Bolan atteignit la route en quelques minutes et bondit immédiatement sur la remorque du camion. Accroché au hayon arrière, il prit à sa ceinture un filin équipé d'un grappin. Il balança le grappin sur le toit de la remorque et tira sur la corde jusqu'à ce qu'il sente que le grappin s'était accroché dans le toit de métal et de fibre de verre. Il se hissa le long de la ligne à la force du poignet, parvint au sommet de la remorque, se hissa sur le toit et resta allongé. Il récupéra la corde et le grappin et les raccrocha à sa ceinture. Il avait remarqué de miradors et les gardes sur le toit de l'usine, mais le sommet de la remorque était au-dessus de caméras de surveillance qui étaient dirigées vers le sol. Personne ne s'attendrait à ce qu'il s'introduise dans l'usine de cette manière, ce qui lui permettrait de profiter de l'effet de surprise.

Quand le camion arriva au niveau du poste de garde, Bolan se plaça au milieu de la remorque et s'aplatit sur le toit brûlé par le soleil. La tôle était bouillante, mais Bolan ignora la douleur. Tant qu'il restait allongé et parfaitement immobile, il serait hors de vue des hommes qui gardaient la porte principale.

Le camion stoppa et Bolan s'immobilisa. Il ne pouvait pas entendre ce que les hommes se disaient à cause du bruit du moteur, mais la conversation ne dura pas longtemps. Le camion était immobile. Bolan entendit le bruit du hayon qu'on relevait et il perçut les vibrations produites par un nombre indéterminé d'hommes qui inspectaient l'intérieur de la remorque et la cabine.

Finalement, ils achevèrent leur inspection et Bolan soupira en entendant le bruit d'une porte qui se refermait. Il resta immobile pendant un temps qui lui sembla interminable. Puis il entendit un cri et le camion redémarra, franchit la barrière et alla se ranger le long du quai de déchargement derrière l'usine. Une fois garé, le chauffeur éteignit le moteur. Bolan entendit la portière s'ouvrir et le bruit d'un homme qui sautait sur le sol. Il entendit de nouvelles voix, très distinctement cette fois-ci. Les hommes s'exprimaient en espagnol, et la conversation était animée. Le ton montait et soudain Bolan entendit un bruit sourd.

Il perçut un cri et le bruit d'un corps qui s'effondre.

Il n'y avait pas d'ambiguïté, et c'était un bruit agréable à ses oreilles.

Bolan n'arrivait pas à comprendre pourquoi ils avaient assommé le chauffeur, mais il ne pouvait pas encore se montrer pour l'instant. Il devait d'abord s'assurer que l'usine servait effectivement de couverture aux trafics de Casco. Ça ne servirait à rien de nettoyer la place pour s'apercevoir ensuite que tout était parfaitement légal. Il devait aussi trouver comment faire sortir les ouvriers de l'usine et ce, sans signaler sa présence. Dans d'autres circonstances, il se serait contenté de trouver le labo de crack et de faire place nette. Mais il était tout à fait possible qu'il y ait dans le bâtiment des ouvriers mexicains qui travaillaient là et qui ignoraient tout des activités illégales de Casco.

Bolan ne pourrait jamais apaiser sa conscience s'il tuait des civils innocents. Il ne voulait pas de dommages collatéraux, pas dans sa guerre en tout cas. C'était bon pour Casco et ses sbires d'avoir les mains couvertes du sang des innocents. Pas pour lui. Il ne voulait pas s'abaisser à employer les méthodes de la vermine qu'il voulait éliminer.

Bolan attendit que les voix s'éloignent et risqua un œil par-dessus le toit du camion. Il vit deux hommes qui en tiraient un troisième, sans doute le chauffeur, jusqu'à une porte métallique à l'autre bout du quai de déchargement. Ils étaient suffisamment occupés avec leur fardeau et ils ne le remarquèrent pas. Bolan resta immobile jusqu'à ce qu'ils aient disparu derrière la porte qui se referma bruyamment.

Aussitôt qu'ils furent partis, Bolan rampa de l'autre côté de la remorque. Il bascula ses jambes et se laissa glisser. Il se retenait du bout des doigts. Il prit sa respiration et se laissa tomber. Il souffla en touchant le sol et s'accroupit pour que ce ne soient pas ses genoux qui encaissent le choc.

Puis il se releva, essuya la poussière sur ses mains et se dirigea vers la cabine du camion. Il dégaina son Beretta 93-R et grimpa sur le marchepied pour voir à l'intérieur. Vide. Il s'apprêtait à redescendre quand il eut une idée. Il ouvrit la portière, rampa à l'intérieur de la cabine et prit la clé de contact. S'il devait s'arracher en catastrophe, il disposerait d'un véhicule. Ce n'était peut-être pas le moyen le plus rapide au monde, mais ça serait mieux que rien.

Il glissa les clés dans sa poche, redescendit du camion et referma la porte. Il se dirigea vers l'arrière de la remorque et grimpa sur la plate-forme de chargement. Il progressa le long du quai jusqu'à la porte métallique où les deux hommes avaient traîné le chauffeur évanoui. Il essaya de tourner la poignée. Fermée. Il réfléchissait à ce qu'il pourrait faire quand il entendit un bruit qui venait d'une des portes de l'aire de chargement. Bolan piqua un sprint jusqu'au camion et se cacha dans l'ouverture destinée au passage des marchandises. Il se plaqua au mur essayant désespérément de se fondre dans le décor. Dans la mesure du possible, il préférait rester discret, jusqu'à ce qu'il ait clairement repéré sa cible.

Deux hommes, différents de ceux que Bolan avait déjà vus, sortirent d'une des portes au milieu du quai. Ils ne remarquèrent pas Bolan car leur attention était entièrement concentrée sur le semi-remorque. Un des hommes grommela quelques mots en espagnol, sortit une cigarette et l'alluma pendant que l'autre déverrouillait la porte arrière du camion. Ils levèrent le hayon et regardèrent à l'intérieur de la remorque.

Bolan décida de saisir la chance qui s'offrait à lui. Il se rua sur les deux hommes, les bras tendus. Il les percuta de plein fouet, les projetant à l'intérieur du camion qui était à moitié rempli de grandes caisses de bois. Avant qu'ils aient pu se ressaisir, il s'élança dans les airs, s'accrocha à la corde qui servait à refermer le hayon. Celui-ci s'abaissa dans un grand bruit de métal et Bolan le verrouilla avec le cadenas que l'homme avait bêtement abandonné sur le quai.

Il se retourna et inspecta les environs. Il trouva les deux boutons qui permettaient d'ouvrir et de fermer la porte de chargement. Il ne savait pas ce que les deux hommes étaient venus chercher, mais ils devaient en avoir pour un petit moment. Bolan espérait que personne ne se mettrait à leur recherche avant un certain temps. Cela signifiait aussi qu'il y avait encore au moins deux autres hommes, ceux qui avaient traîné le chauffeur inconscient dans l'énorme bâtisse. Avec un peu de chance, Bolan repérerait le laboratoire avant de se retrouver nez à nez avec eux.

Le Guerrier reprit son Beretta et pénétra dans les entrailles de l'usine.

CHAPITRE X

— Mec, je vais te dire un truc, annonça Rumaldo Salto. Je crois qu'Hector a perdu la boule.

— Holà, baisse d'un ton, répliqua Rico Cazuela en regardant autour de lui, inquiet.

Rico Cazuela, un des tueurs de l'équipe de Salto, avait toujours été un peu lèche-cul mais c'était quelqu'un de dévoué. Comme Salto, il avait débuté en tant que « courrier » pour Casco et le grand patron lui-même avait approuvé son recrutement au cœur de l'organisation. Casco croyait que traiter ses hommes comme s'ils avaient été des membres de la famille les poussait à se dépasser. C'était un truc que Salto ne pouvait pas lui reprocher ; il lui restait fidèle pour cette unique raison.

— Si jamais Hector entend ça, il te coupera les couilles avec un couteau à beurre.

— Ça c'est sûr, intervint Ricky Preciado. Je n'ai jamais vu le patron prendre de gants avec ceux qui discutent ses ordres. Quand il demande quelque chose, tu t'exécutes, sinon, tu finis six pieds sous terre.

Preciado ressemblait trait pour trait à Cazuela, en un peu plus malin. Il était allé dans une des écoles les plus réputées de Mexico. Peu de ceux qui travaillaient pour Casco pouvaient en dire autant. Y compris Rumaldo Salto. Mais, malgré cette bonne éducation, Preciado n'avait pas l'air si brillant. C'est probablement pour cette raison que Salto avait été choisi comme première gâchette lorsque son prédécesseur était devenu un vrai pochtron et s'était mis à parler à tort et à travers. C'était le boulot de Salto de s'assurer que tout marchait comme prévu et que les ordres de Casco étaient exécutés au pied de la lettre. Qu'il soit d'accord ou pas. En tout cas, une chose était sûre, Casco ne tolérait aucune désobéissance. Vous faisiez ce qu'on vous demandait et vous étiez considéré comme loyal. Point barre. Et Rumaldo n'avait pas l'intention de faire quoi que ce soit qui puisse donner des doutes à Casco concernant sa loyauté. Autant se tirer une balle dans la tête tout de suite.

Pourtant son plan paraissait un peu excessif, plus dingue encore que ce que Casco lui avait jamais demandé. Salto avait reconnu que l'idée d'enlever une grosse légume était plutôt couillue, et personne n'aurait pensé à le contester. Mais ça ne suffisait pas à en faire une bonne idée. Salto n'était pas sûr de réussir le moment venu. Il n'avait même pas été capable de rectifier Claudia. Il espérait que cette salope avait compris qu'elle les mettrait tous les deux en danger de mort si elle restait à Phoenix. Du coup, il se demandait s'il n'était pas en train de devenir trop sensible.

Quelques années auparavant, il n'aurait laissé personne parler de lui ainsi. Quand Salto avait rejoint *Los Negros*, il avait déjà une solide réputation de dur. Avait-il acquis une conscience, un sens moral ? Peut-être. En tout cas, ce n'était pas son intérêt de critiquer le plan de Casco devant Cazuela et Preciado. Les deux hommes n'avaient pas la réputation de bavarder à tort et à travers, mais il ne pouvait pas s'y fier. S'ils décidaient de rapporter ses propos à Casco, sa vie était en jeu.

— C'est super-chaud, dit Cazuela.

Salto profita de l'occasion pour changer de sujet.

— Il n'y en a plus pour longtemps. Elle a fini son discours depuis une heure. Ce qui signifie qu'elle ne devrait pas tarder à rentrer chez elle.

— J'espère bien, répondit Preciado. Parce que je trouve qu'on prend de gros risques à attendre comme ça au milieu de la rue. On va finir par se faire repérer.

— Ricky, laisse tomber, dit Salto.

Pendant un moment Preciado sembla hésiter à répondre à Salto. Mais un regard de son chef lui fit comprendre qu'il n'y avait rien à discuter ou à négocier.

— Ça va, dit-il finalement. Est-ce que je peux fumer au moins ?

La règle était la même pour tous. Salto détestait l'odeur du tabac et n'autorisait personne à fumer dans la maison de Casco. Il avait aussi interdit à ses guetteurs de fumer quand ils étaient en poste. Particulièrement la nuit. Son expérience de courrier et de mule lui avait appris que le bout incandescent d'une cigarette était repérable à plusieurs centaines de mètres. Sans parler du fait que l'odeur permettait de repérer facilement l'emplacement des sentinelles.

Preciado sortit de la voiture et alluma sa clope quand il fut à une distance respectable.

Salto leur avait ordonné de s'habiller de manière appropriée à l'endroit. C'était un quartier chic, peuplé de bourges snobinards et de riches salopes qui étaient fiers de vivre en vase clos. C'était le genre jeunes cadres bobos, des millionnaires self-made-men qui voulaient le meilleur en tout parce qu'ils avaient les moyens de se l'offrir. Salto avait été surpris quand Casco lui avait dit que le gouverneur vivait là, dans ce genre de quartier. O.K., l'Etat d'Arizona ne fournissait pas de logement à sa putain en chef. C'est pas ça qui l'avait étonné. Ce qui l'avait le plus surpris, c'est qu'elle ne vive pas dans un quartier sécurisé, ou au moins dans un endroit avec des gardes.

— Je crois que ça bouge, patron, dit Cazuela.

Il voulut faire démarrer le moteur mais Salto l'en empêcha.

— Attends un instant. Pose ton cul. Nous ne voulons pas leur faire peur. Nous devons faire exactement comme le patron nous a dit, sinon, on va tout foutre en l'air.

— Et Rickie ?

— Appelle-le sur son portable et dis-lui de rappliquer immédiatement.

Il fit ce qu'on lui avait demandé pendant que Salto surveillait la grosse Lincoln noire qui passait devant eux. Salto avait ordonné à ses hommes de garder les vitres fermées. Il régnait dans la voiture une chaleur insupportable, mais Salto ne pouvait prendre le risque de se faire repérer. Les vitres teintées leur permettaient d'échapper au regard des curieux. D'habitude, des vitres teintées aussi sombres étaient interdites par la loi, mais pour l'instant, la police de Phoenix avait d'autres chats à fouetter. En fait, c'étaient les gangs locaux qui occupaient la police et les *Negros* utilisaient ça à leur profit.

Au fond, ils s'étaient aperçus que les flics étaient tellement occupés à traquer les gangs locaux qu'ils n'avaient plus le temps de s'occuper des organisations comme les *Negros* ou les *Zetas*. Ce qui procurait à Casco et à ses concurrents une forme d'impunité. Ils pouvaient régler leurs comptes où ils voulaient et quand ils voulaient. Quand il y réfléchissait, Salto trouvait que c'était trop simple. Courir après des bandes de jeunes qui se croyaient dangereux parce qu'ils arrachaient le sac d'une vieille dame ou parce qu'ils taguaient les murs !

Bien sûr, Salto avait fait tout ça dans sa jeunesse lui aussi, mais il aurait pu expliquer à tous ces délinquants juvéniles qu'ils ne savaient pas ce que c'était d'être vraiment dangereux.

Mais ce n'était pas le sujet. Pour l'instant, Salto et ses hommes avaient un objectif, une femme du nom d'Elizabeth Kampp. C'était une pièce maîtresse dans la guerre que Casco menait contre les flics, les *Zetas* et celui qu'on appelait le Diable Noir. Et il n'avait qu'un seul objectif : la victoire totale. Ils n'avaient donc pas le droit d'échouer. Qu'il soit d'accord ou pas avec Casco, Salto ne passerait pas pour un traître ou un incapable.

D'une façon ou d'une autre, ils allaient enlever Elizabeth Kampp aujourd'hui.

— J'ai trouvé votre discours excellent, affirma Beau Hastings quand ils arrivèrent à proximité de la splendide villa de Kampp.

En temps normal, Kampp n'aurait jamais ramené Hastings chez elle. Mais elle se sentait coupable après l'aveu qu'il lui avait fait de ses peurs les plus secrètes. Elle l'avait donc invité à dîner en famille.

Kampp sourit aimablement.

— Merci, Beau.

Pour une raison qu'elle ne pouvait s'expliquer, il s'était établi entre eux un silence gêné. D'habitude, ils arrivaient à parler librement, même sur des sujets légers. Elle se demandait si Hastings se reprochait d'avoir été trop loin pendant cette pénible discussion dans son bureau. Elle devait admettre qu'elle s'était sentie mal à l'aise, même si elle comprenait qu'il avait fallu un certain courage à Beau, qui était plutôt un homme réservé, pour lui faire un tel aveu.

Kampp avait toujours admiré les hommes courageux, quelles que soient leurs opinions politiques. Hastings avait un caractère digne de respect. Il était loyal, efficace et sensible au bien-être d'autrui.

Kampp devait reconnaître que ses fonctions politiques avaient changé son jugement sur les hommes. Elle avait appris à se méfier des gens et particulièrement de leurs motivations secrètes. Elle considérait maintenant que la plupart de ceux qui l'entouraient n'étaient que des opportunistes. De plus, elle avait dû reconnaître que ces sentiments provenaient exclusivement des personnes qu'elle côtoyait.

Si quelqu'un lui avait dit il y a une quinzaine d'années — quand elle avait commencé sa carrière politique les yeux écarquillés et pleine d'ambition, alors que l'encre de son diplôme de droit était à peine sèche — que les gens qu'elle considérerait comme ses amis et ses alliés étaient en fait les représentants de ce que l'humanité comptait de plus répugnant et de plus abject, elle lui aurait ri au nez. Avec le temps, elle avait appris à accepter cette vérité trop crue, même si elle avait trop de classe pour révéler à ceux qui débutaient ce qu'elle savait sur l'humanité. Quand elle était en campagne, quand elle prononçait un discours, et que des jeunes gens venaient la voir pour lui dire à quel point ils l'admiraient, Kampp se contentait de sourire et de les encourager à s'engager dans le combat politique.

Au fond d'elle-même, elle était minée par le fait de ne pas arriver à trouver le courage de les alerter, de leur dire de trouver une carrière plus gratifiante. Elle aurait voulu les prendre par les épaules et les secouer, pour les ramener à la réalité, mais elle n'y arrivait pas. Elle sentait comme une imposture de ne pas pouvoir leur dire à quel point elle regrettait son engagement en politique, de ne pas pouvoir leur révéler les minables petits secrets qu'elle avait percés tout au long de ces années où elle avait côtoyé le pire comme le pire. C'est pour toutes ces raisons qu'elle admirait les gens comme Hastings.

La Lincoln tourna au coin de la rue qui longeait la propriété des Kampp et se dirigea vers le large portail qui en marquait l'entrée. Le chef de la police souhaitait la faire raccompagner chez elle par une escorte de motards. Elle avait eu toutes les peines du monde à l'en dissuader, arguant qu'ils ne feraient qu'attirer encore plus l'attention avec tout un barnum motorisé. Le chef de la police avait hésité un instant. Finalement le sens de sa carrière l'avait emporté sur les arguments logiques.

En arrivant, Kampp remarqua la présence d'une BMW noire d'un modèle récent garée dans le virage. Elle ne pouvait pas distinguer l'intérieur à cause des vitres teintées et ne se souvenait pas d'avoir déjà vu cette voiture auparavant. Elle se rappelait vaguement qu'on lui avait parlé de nouveaux voisins, un jeune couple qui avait racheté une maison un peu plus bas dans la rue. Une vieille maison victorienne d'un style décalé dans ce quartier récent. Mais c'était une très belle demeure et personne ne s'était plaint qu'elle faisait baisser la valeur des maisons dans le quartier. Par ailleurs, comme la plupart des maisons du quartier, elle était très loin de la route, et recouverte de vigne vierge et d'autres artifices du même acabit. C'était un quartier raffiné.

Un des dossiers que Kampp avait essayé de faire avancer à Phoenix, c'était celui de l'eau. Il y avait de l'argent à Phoenix et dans ses environs. Cela n'avait rien d'étonnant puisque la plupart des habitants n'étaient pas des perdreaux de l'année, Phoenix était surtout une ville de retraités. Mais ça ne signifiait pas qu'on pouvait faire comme si la ville était une Cadillac au beau milieu du désert. Il y avait plus de résidences en contravention avec les règlements sur les économies d'eau à Phoenix même que dans les banlieues de Sun-City. Et ça foutait Kampp en colère.

— Vous avez faim ? demanda Kampp à Hastings.

Le jeune homme contempla son estomac avec un air dépité qui aurait été plus à sa place dans un roman de Dickens.

— Je suis absolument affamé. J'ai hâte de voir ce que José nous a préparé ce soir.

— Je suis sûre que ça sera délicieux, répondit Kampp. Comme toujours.

— Il faut absolument qu'il me donne la recette du pudding qu'il a fait à Noël l'année dernière. J'ai essayé de l'amadouer par tous les moyens que j'ai pu imaginer, y compris la corruption. Rien n'y a fait. Cette année, j'espère qu'il craquera, et qu'il me donnera au moins quelques indices.

Kampp ne put s'empêcher d'éclater de rire.

— Vous savez, Beau, il y a des jours où vous vous comportez comme un véritable goujat.

— Et encore, vous devriez voir quand je suis vraiment en forme.

Il croisa les jambes, posa les mains sur ses genoux et se cambra en papillonnant des paupières.

Les rires de Kampp redoublèrent. Il y avait des jours où Hastings était véritablement irrésistible, un vrai one-man-show qui chez lui semblait naturel et qui aurait été ridicule pour tout autre. Hastings avait cette aptitude à être amusant sans chercher à l'être, avec cet humour naturel que Kampp admirait tant. Il faisait rire aux larmes toute sa famille, Henry compris, sans avoir l'air d'y toucher. Certaines fois, Kampp aurait voulu le serrer dans ses bras pour lui montrer le prix qu'elle attachait à sa présence et à son amitié.

C'était pour des moments comme celui-ci que la vie valait la peine d'être vécue.

— Gouverneur Kampp ?

La voix du chauffeur tomba au milieu de leurs rires comme un pic dans un bloc de glace.

Cela ne faisait pas très longtemps qu'il était au service de Kampp. Il s'appelait Marcus... Marcus... Bon sang, elle n'arrivait pas à se souvenir de son nom de famille. Hastings l'avait recruté pour remplacer le chauffeur précédent qui avait gagné au loto. Quand il avait appris sa chance, il était entré dans le bureau de

Hastings, avait jeté les clés de la voiture sur le bureau, et était reparti sans dire un mot. Les témoins rapportaient qu'il avait quitté le palais du gouverneur avec un sourire qui éblouissait littéralement les passants.

— Oui, Marcus, qu'est-ce qu'il y a ?

— Je crois que nous avons un problème, madame le Gouverneur.

Il stoppa la voiture et désigna la silhouette d'un homme à travers le pare-brise. L'homme avait les cheveux noirs, avec ses lunettes de soleil et son costume de lin sombre, il avait l'air d'un jeune cadre dynamique. Mais la ressemblance s'arrêtait là, surtout quand on considérait le lourd pistolet qu'il tenait à la main et qu'il braquait sur eux.

Kampp prit sa respiration et pendant quelques trop longues secondes ne put penser à autre chose qu'à Henry, son mari, qui avait insisté pour que l'Etat d'Arizona fasse blinder sa Lincoln. Il avait peur qu'on essaye de placer une bombe sous sa voiture. Finalement, elle avait accepté. Mais personne n'avait pensé, y compris son cher mari, que quelqu'un essaierait de lui voler sa voiture. Qui serait assez idiot pour s'en prendre ainsi au gouverneur de l'Arizona en personne ? Avec tous ses gardes du corps, les services de police et tous ceux qui veillaient sur sa sécurité, elle avait fini par se sentir invulnérable.

— Quels sont vos ordres ? demanda Marcus.

— Ne commettez aucune imprudence.

— Pas d'imprudence ! hurla Hastings. Nous devons partir d'ici.

Kampp le fusilla du regard. Sa voix restait calme et égale.

— Je ne ferai rien qui puisse mettre vos vies en danger. J'ignore ce que ces hommes veulent, mais nous allons leur obéir, et certainement pas les combattre.

— Bravo pour ce joli discours, Elizabeth, dit Hastings. Il se reprit aussitôt.

— Je suis désolé, j'ai perdu les pédales, je suis désolé, ajouta-t-il.

Kampp saisit son bras.

— Je comprends. Ne vous inquiétez pas. Il ne nous arrivera rien.

Elle eut immédiatement conscience du ridicule de ses paroles. Comment pouvait-elle être sûre qu'il n'allait rien leur arriver ? Ni elle ni les hommes qui l'accompagnaient ne contrôlaient la situation et elle était obligée d'admettre que l'homme qui se tenait devant eux n'avait peut-être qu'un seul but : la tuer. Et si c'était le cas, il ne laisserait pas de témoins derrière lui. Alors, tout ce qu'elle venait de dire à son collaborateur et ami fidèle, c'était du vent.

— Maintenant, avant d'entreprendre quoi que ce soit nous…

La portière s'ouvrit brusquement du côté de Hastings. Un deuxième homme, habillé comme le premier mais beaucoup plus costaud, agrippa Hastings et le tira à l'extérieur de la voiture. Celui-ci se mit à crier. Il poussait des hurlements stridents et cognait de ses deux poings sur la poitrine de l'homme. Kampp essaya de l'avertir et lui cria de s'arrêter. Mais Hastings avait complètement paniqué et la seule chose qu'il pouvait entendre, c'était sa propre peur. L'homme repoussa Hastings brutalement, essayant sans succès de faire cesser les coups.

Kampp cria de nouveau, ordonnant à Hastings de s'arrêter. Mais il ne pouvait l'entendre. Il y eut un éclair de soleil sur du métal. L'homme leva la main et frappa. Le jeune homme se tordit quand le couteau pénétra dans sa poitrine. L'homme frappa de nouveau par deux fois. Impuissante, Kampp hurlait.

Au quatrième coup de couteau, Hastings s'effondra sur le trottoir. Il gémissait. L'homme se pencha vers Kampp pour l'attraper.

Marcus avait tout vu dans le rétroviseur. En voyant l'homme s'en prendre à Kampp il bondit de son siège et attrapa le tueur par les épaules. Une courte rafale de P.-M. retentit et Marcus vacilla un instant avant de s'effondrer.

Kampp essayait de repousser l'homme qui cherchait à s'emparer d'elle.

— Tiens-toi tranquille, salope.

Le type jurait en espagnol.

Soudain, quelqu'un ouvrit sa portière et elle bascula en arrière. Des mains puissantes saisirent ses bras et elle fut tirée sans ménagement hors de la voiture. Une main se posa sur son visage et elle perçut l'odeur d'un produit chimique. Peut-être du chloroforme, ou quelque chose d'encore plus mélodramatique. Bizarrement elle se dit qu'il ne manquait plus qu'un type en noir avec une moustache en croc de boucher avec son complice pour la ligoter sur les rails d'un antique train à vapeur.

Pourquoi une image aussi stupide s'était-elle imposée à son esprit ? Dès l'instant où ses ravisseurs lui avaient mis un tampon sur la bouche elle n'avait plus été maîtresse de ses pensées. Un instant plus tard, elle sombrait dans l'inconscience.

CHAPITRE XI

Mack Bolan n'était pas entré dans l'usine depuis plus de deux minutes quand il s'aperçut que quelqu'un le suivait.

Ce que l'Exécuteur ne comprenait pas c'était pourquoi ce quelqu'un se contentait de le suivre. Pourquoi ne pas lui tomber dessus tout de suite ? Il suffisait de rameuter quelques hommes, il aurait été rapidement submergé par le nombre. Les gorilles de Casco étaient des professionnels, entraînés pour assurer la sécurité de cet endroit. Il n'y comprenait rien. A moins que ça ne soit pas un des hommes de Casco qui le suivait. En tout cas, le Guerrier en déduisait que ce n'était pas un pro ; il se comportait comme un amateur.

Bolan pénétra dans un vaste couloir entouré de hautes étagères métalliques, vides pour la plupart. On ne voyait aucune machine, aucune caisse. Rien qui laisse supposer qu'on produisait quoi que ce soit dans cet endroit. Il se demanda comment Casco avait pu faire illusion aussi longtemps avec cette usine. Il savait qu'il y avait régulièrement des inspecteurs du travail qui venaient s'assurer que les règles du droit étaient respectées. Mais un type comme Casco, avec ses relations, pouvait sans doute tout expliquer, tout justifier. Sans compter qu'il avait dû graisser la patte des inspecteurs pour qu'ils ne disent rien sur ce qu'ils avaient pu trouver.

Et pourquoi pas ?

C'était une bonne affaire pour le gouvernement mexicain parce que ça donnait du travail aux gens. Quand ils ont assez d'argent, les gens ordinaires ne commettent pas de crimes. Et plus il y aurait de Mexicains au boulot, moins il y aurait de crimes et plus les choses seraient simples pour le gouvernement. Les fonctionnaires mexicains avaient déjà suffisamment à faire avec le trafic de drogue et les cartels. Dans toutes les villes le long de la frontière, les gangs les plus puissants massacraient les gens pour montrer qu'ils détenaient le pouvoir. De tels comportements pouvaient terroriser les populations, mais pas un homme comme Bolan. Il faisait ce boulot depuis trop longtemps pour se laisser intimider. Pas autant, en tout cas, que le commun des mortels.

Si jamais l'Exécuteur devait s'inquiéter pour quelqu'un, c'était pour les passants innocents qui étaient trop souvent victimes de ces criminels. Aussi longtemps qu'ils pouvaient continuer leur business, les gangs et les cartels ne se souciaient pas du sort des innocents. Ils n'avaient aucune conscience morale, aucune éthique. Les seules choses qui les intéressaient, c'était le pouvoir et l'argent.

Eh bien ! Bolan savait quoi leur répondre. Et peu importaient les pertes qu'ils auraient à subir. Il les forcerait à combattre, à la loyale ou pas, et ferait tout ce qu'il fallait pour gagner. C'était la différence entre l'Exécuteur et les hommes des cartels. Eux se battaient pour l'argent et le pouvoir alors que lui luttait par idéal. A travers ses nombreux exploits dans sa lutte contre les ennemis de la liberté et de la paix, Bolan avait souvent illustré la fameuse maxime de Victor Hugo : « Aucune armée n'est aussi forte qu'une idée. »

Bolan entra dans le vaste couloir et fonça. Il repéra une étagère et se cacha derrière une caisse. Accroupi dans l'ombre, il tenait son Beretta pointé vers le haut et attendait que son poursuivant arrive à son niveau. Il n'eut pas besoin d'attendre très longtemps. Le jeune garçon qui se dirigeait vers lui ne devait pas avoir plus de onze ou douze ans. Il était entièrement concentré sur sa traque et n'avait pas repéré la cachette de Bolan.

Les inspecteurs du travail mexicains n'avaient pas pu laisser passer ça. Il y avait des lois qui interdisaient le travail des citoyens mexicains avant l'âge de seize ans. Les entreprises américaines n'avaient pas le droit de signer des contrats avec des entreprises étrangères qui employaient des enfants de moins de seize ans, sauf si le contrat était signé dans le mois précédant leur seizième anniversaire. De toute évidence, Casco, si c'était bien lui qui dirigeait cette usine, n'avait pas peur de se faire prendre la main dans le sac. Mais, comme l'avait fait remarquer Gadgets, le nom de Casco n'apparaissait nulle part dans l'organigramme de cette usine.

Bolan attendit un moment, il laissa le gosse le dépasser, sortit de derrière sa caisse et se mit silencieusement à sa suite. Le chasseur était devenu la proie. Il se demanda si le garçon était seul. Il était tout à fait possible que ce soit le fils d'un des ouvriers de l'usine. Il était tout à fait possible qu'il se soit échappé d'une garderie ; ça ne l'aurait pas surpris plus que ça.

Il avait presque rejoint le garçon, quand il entendit une série de bruits métalliques, suivis du bruit d'un tapis roulant en train de se mettre en marche. Il profita du vacarme qui couvrait le bruit de ses pas pour s'approcher du garçon. Il le ceintura et mit sa main droite sur sa bouche.

Le garçon réagit avec une vivacité incroyable. Il tenta d'échapper à Bolan en lui décochant un violent coup de pied. Le Guerrier grogna sous l'impact malgré ses bottes renforcées.

Soudain, à la limite de son champ de vision, il aperçut deux gardes armés qui entraient dans l'allée où ils se tenaient, le garçon et lui. Bolan inspecta rapidement les lieux et entrevit une alcôve qui dissimulait une porte. Il y traîna le garçon. La porte était ouverte et Bolan se précipita. Il la referma d'un coup de pied et retira sa main de la bouche du garçon.

Ils se trouvaient devant un escalier faiblement éclairé. C'était sale et poussiéreux. Personne n'était passé par là depuis un bout de temps. Tant mieux, il ne risquait pas trop d'être dérangé pendant qu'il interrogerait le gamin.

— Laissez-moi partir, supplia le garçon.

Il se débattait, essayant de libérer son bras.

— Calme-toi, murmura Bolan.

— Laissez-moi partir, ou je crie.

Bolan remit sa main sur la bouche du garçon.

— Ça suffit comme ça. Si on me trouve, je suis un homme mort. Et si on te voit avec moi, il t'arrivera la même chose. Tu piges ?

Le gosse le regarda fixement. Le blanc de ses yeux écarquillés brillait dans la pénombre. Quand il vit que le garçon avait compris les éventuelles conséquences de ses cris, Bolan enleva sa main, sans relâcher son étreinte. L'Exécuteur pouvait bien éprouver de la sympathie pour le gamin, il n'était pas stupide pour autant. Ce moutard avait prouvé qu'il avait de la ressource, et Bolan ne pouvait prendre le risque de s'apercevoir qu'il était en fait du côté de ses ennemis. Il ne lui aurait fait aucun mal, bien sûr, mais il n'aurait aucun scrupule à le ligoter et à le bâillonner dans ce réduit obscur et poussiéreux. Jusqu'à ce qu'il ait achevé sa mission.

— Comment tu t'appelles ? demanda Bolan.

Il considérait qu'il valait mieux donner au garçon l'occasion de s'expliquer.

La réponse du garçon fut étonnamment calme et déterminée.

— Je m'appelle Soledad, et je n'aime pas mon nom.

Et là, debout dans cet escalier poussiéreux, en train de discuter à moitié sérieusement avec ce gamin aux traits féminins et aux grands yeux bruns et qui était sans doute plus paniqué qu'il ne voulait le montrer, Bolan se sentit ridicule.

La tignasse du môme était sale et n'avait pas été coiffée depuis longtemps. Malgré la lumière glauque de l'escalier, on voyait que son visage était noir de crasse.

— O.K. Comment tu veux que je t'appelle ? demanda doucement Bolan.

— Je préfère Duke.

— Duke ?

— Oui, j'aime bien Duke.

— Va pour Duke, répondit le Guerrier. Et qu'est-ce que tu fabriques par ici… Duke ?

— C'est là que je suis supposé être. Mais vous, qu'est-ce que vous fabriquez ici… Monsieur ?

Sa question fit sourire Bolan.

— C'est une histoire assez longue et je n'ai pas le temps de te la raconter maintenant.

L'enfant eut l'air déçappointé.

— Dommage, j'aime bien les histoires. Comme celles que nous raconte la señora Minoza.

— Et qui est la señora Minoza ?

— Elle nous surveille. Elle s'occupe de nous quand maman travaille.

— Et ta maman, où est-ce qu'elle travaille ? Ici, dans cette usine ?

Le garçon fit oui de la tête avec un grand sourire, révélant les trous de sa dentition. Il était sale comme un peigne mais semblait bien nourri et en bonne condition physique. C'était étonnant, compte tenu des conditions sanitaires dans cette partie du pays. Bolan se demandait si on avait forcé cet enfant à travailler parce que ses mains étaient extrêmement sales et abîmées, bien plus que celles d'un autre enfant de son âge.

— Et toi, tu travailles ?

Il secoua la tête.

— J'ai pas le droit de travailler. Pas encore. Mais bientôt. Très bientôt. La señora Minoza dit que je suis le meilleur et que je ferai du très bon travail.

Les tripes de Bolan se nouèrent et il se sentit bouillir. L'expression du garçon changea brutalement. Il passa de l'exubérance à la crainte. Bolan recula d'un pas. Il ne voulait pas effrayer le garçon. Ce qu'il avait révélé confirmait ses pires craintes. Ils devaient utiliser des enfants pour leur faire exécuter un travail quelconque. Si c'était régulier, il pourrait fermer les yeux, mais, s'ils les employaient dans une usine qui produisait secrètement du crack, il faudrait que cela cesse. Immédiatement.

Soudain, la poignée de la porte s'abaissa et cela mit fin à leur dialogue. Bolan mit un doigt sur ses lèvres et fit signe au garçon de monter l'escalier. Il n'avait pas prévu cela mais la présence de cet enfant malicieux changeait ses plans. Bolan se sentait responsable. Il ne voulait pas que son nouvel ami soit blessé.

Bolan commença à grimper l'escalier. Voyant que le garçon n'arrivait pas à suivre, il le prit dans ses bras et continua sa course. Ils arrivèrent au premier étage. En bas, quelqu'un tapait contre la porte, les coups sourds et violents résonnaient dans l'espace. Bolan posa son fardeau humain au sommet des marches et lui fit signe de se taire.

Duke lui fit un large sourire et s'immobilisa.

Bolan ouvrit la porte et découvrit un grand couloir avec une série de portes vitrées, comme dans n'importe quelle administration. Pour le moment, on ne voyait personne. Les coups violents frappés sur la porte métallique en bas de l'escalier l'empêchaient de distinguer des voix. L'Exécuteur s'en moquait autant que si ça avait été éclairé comme un stade un jour de match parce que, de toute façon, ils ne pourraient jamais traverser ce couloir sans être repérés. Ils ne pouvaient compter que sur la rapidité et la discrétion.

Il se tourna vers Duke.

— O.K., mec. Je ne dirai les choses qu'une fois. Nous allons prendre ce couloir sans faire le moindre bruit.

— Pourquoi est-ce qu'il ne faut pas faire de bruit ?
— Je te l'ai déjà expliqué. Tu as vu tous ces hommes avec des pistolets ?

Duke fit oui de la tête.

— Ces hommes sont méchants, très très méchants et ils n'hésiteront pas une seconde à nous tirer dessus. Et s'ils ne peuvent pas t'attraper, ils feront du mal à ta maman. Je ne veux pas qu'ils te fassent du mal, ni à ta maman. Si tu m'aides à trouver ce que je cherche, je te promets que je vous ferai sortir d'ici tous les deux. Tu es d'accord ?

Duke réfléchit un instant, mit les mains dans les poches de son jean et sourit. Ses yeux brillaient d'un éclat que Bolan avait vu chez les gamins qui essayent de vendre des babioles aux touristes dans les coins les plus paumés du tiers-monde.

— Je vais t'aider, dit le gamin. Dix dollars américains.
Il tendit la main.

— Et si tu le faisais gratuitement ? Au nom de notre amitié ? demanda Bolan.

— Je ne suis pas sûr que tu sois mon ami, répliqua Duke, la main tendue. Tu me donnes dix dollars, américains, et je me tiens tranquille et je t'amène où tu veux.

Bolan réfléchit aux différentes possibilités qui s'offraient à lui et conclut qu'il n'avait pas le choix. Bizarrement, ce petit galopin avait décidé de s'accrocher à lui, et il avait apparemment imaginé que Bolan était assez désespéré pour lui cracher une poignée de *dineros* au lieu de lui botter les fesses et de le réexpédier vers les hommes armés de pistolets. La situation touchait au ridicule et il se retint d'éclater de rire. En réalité, le Guerrier savait pertinemment qu'il n'avait pas le choix s'il voulait sortir d'ici vivant.

Il soupira et plongea la main dans sa poche. Il avait toujours un peu de liquide au cas où. Il avait roulé sa bosse sur tous les continents, il avait visité presque tous les pays du monde, et il ne se souvenait pas d'une fois où on l'avait rançonné avec une telle ingénuité. Ça n'arrivait qu'une fois dans une vie de rencontrer un petit garçon mexicain qui s'appelait Soledad et qui préférait se faire appeler Duke.

— O.K., petit homme, dit Bolan en prenant deux billets de vingt dollars dans sa liasse. Voilà quarante dollars, américains, en espèces sonnantes et trébuchantes.

Les yeux de Duke se mirent à briller. Quand il essaya de prendre les billets, Bolan recula sa main et le regarda dans les yeux avec le plus grand sérieux.

— C'est quatre fois ce que tu m'as demandé. Il n'y en aura pas d'autre, alors n'essaye pas de m'en soutirer davantage. Marché conclu ?

Duke prit les billets et les fit disparaître dans sa poche et tendit la main.

— Marché conclu !

Bolan serra la main du garçon et, levant son Beretta, se retourna vers la porte. Il l'entrouvrit, inspecta dans toutes les directions et se glissa dans le couloir, avec un petit opportuniste nommé Duke sur ses talons. Ils étaient presque arrivés au bout du couloir quand l'attention du Guerrier fut attirée par le bruit d'une porte derrière lui. Il se retourna et vit un garde en uniforme qui sortait par une porte latérale. Dans d'autres circonstances, il aurait essayé de se cacher dans un bureau avant d'être repéré, mais dans le cas présent, il n'y avait pas d'issue.

Ça n'avait pas beaucoup d'importance, parce que l'homme qui venait d'entrer dans le couloir, en dépit de son uniforme, n'avait pas l'air d'un professionnel de la sécurité. D'abord parce que ses longs cheveux formaient une lourde queue-de-cheval qui retombait sur son épaule droite. Ils étaient retenus par un lacet qui se terminait par trois crânes en métal. Les trois crânes avaient des pierres rouges à la place des yeux. Ensuite parce qu'il portait un tatouage sur l'avant-bras gauche. Bolan avait déjà vu ce tatouage, c'était celui des tueurs à gage des *Negros*. Il n'y avait aucun doute, c'était un des assassins à la solde de Casco.

Au moment où il aperçut Bolan, l'homme s'empara de l'arme qui pendait à sa hanche, mais l'Exécuteur fut plus rapide. Il poussa le gamin sur le sol et l'enjamba pour le protéger de son corps. Dans le même mouvement, il leva son Beretta. Le tueur du cartel n'avait pas encore pointé son arme que Bolan avait déjà appuyé deux fois sur la détente. La première balle de 9 mm. Parabellum franchit la distance en une seconde et fora un troisième œil juste au-dessus du nez de l'homme. Sa tête bascula en arrière pendant que la balle rebondissait à l'intérieur de son crâne et lui déchirait la cervelle. Le second projectile n'était qu'une sécurité. Elle pénétra du côté gauche de la poitrine du tueur et traversa le cœur. Le corps de l'homme n'était pas encore tombé que Bolan avait agrippé Duke et le tirait vers la sortie.

Il ne fut pas surpris d'entendre le garçon gémir de peur. Ce qui le déconcerta par contre, c'est d'entendre le gosse s'excuser en balbutiant de ne pas avoir été sage. Il suppliait Bolan de ne pas le punir. En entendant ses plaintes, celui-ci imagina les épreuves que l'enfant avait dû affronter et en eut le cœur brisé.

Quand ils atteignirent le bout du couloir, Bolan entendit les cris des employés qui étaient sortis de leurs bureaux pour voir ce qui se passait. Bolan avait chargé son arme avec des balles subsoniques mais elles faisaient quand même suffisamment de bruit dans l'étroit couloir pour attirer l'attention. Et ce n'était pas le genre d'attention dont Bolan avait besoin. D'autant qu'il n'avait pas encore trouvé le laboratoire de crack qui, il en était certain, devait se trouver quelque part au sous-sol.

Un peu après les bureaux, Bolan découvrit un monte-charge. Pendant qu'ils descendaient, Bolan se demanda si Duke saurait où se trouvait le labo. Ça lui ferait gagner du temps, mais il ne pourrait plus assurer la protection de l'enfant ni de sa mère. Il refusait de leur faire courir des risques supplémentaires. Il faudrait trouver une autre solution.

La voix tremblante de Duke le sortit de ses pensées.

— Tu veux que je te montre ce que font les hommes mauvais ?

Bolan regarda le garçon.

— Qu'est-ce que tu as dit ?

— Tu veux que je te montre ce que font les hommes méchants ?

Bolan se tut, essayant de deviner ce que le garçon voulait dire. Duke renifla et s'essuya les yeux. Ses larmes avaient dessiné des sillons plus clairs dans la crasse de son visage.

— Tu veux dire que tu sais pourquoi ces hommes sont là ?

Le jeune garçon acquiesça.

— Mon frère m'a dit. Parce qu'il sait que je ferai la même chose que lui un jour. C'est pour ça que la señora Minoza dit que je suis le meilleur. Un jour, je ferai comme mon frère. Je prendrai le produit qu'ils fabriquent et l'emmènerai en Amérique.

La colère envahit l'esprit et le corps de Bolan. Ils apprenaient à cet enfant pur et influençable à devenir une mule, un passeur. Ils lui apprenaient à faire passer de la drogue à travers les frontières pour pouvoir distribuer la mort dans les écoles et les familles de l'Amérique. Ils étaient trop avides d'argent pour se préoccuper des conséquences. Même si cela n'aurait pas changé grand-chose. Néanmoins, cela enflammait Bolan et renforçait sa détermination de détruire cet endroit de mort.

— Oui, répondit-il calmement. Montre-moi ce que font ces hommes méchants.

CHAPITRE XII

Le capitaine Joseph Halls contemplait avec horreur la scène qui s'étalait sous ses yeux.

Les enquêteurs, la police de l'Etat, les médecins légistes et les membres de la police scientifique s'affairaient autour de lui mais il ne les voyait pas. Des draps noirs recouvraient les corps de deux des plus proches collaborateurs d'Elizabeth Kampp.

Halls et ses hommes étaient en train de préparer leur sixième intervention de la journée quand ils avaient reçu un appel radio dans leur voiture. D'après le régulateur, on avait entendu des coups de feu près de la maison du gouverneur et toutes les unités disponibles devaient s'y rendre en urgence.

L'équipe de Halls était arrivée sur les lieux la première et après avoir ordonné à ses hommes de sécuriser la zone, Halls s'était approché de la scène de crime. Deux corps gisaient dans une mare de sang à proximité de la Lincoln d'Elizabeth Kampp. Il les avait identifiés. Il s'agissait de Marcus Simpson et de Beau Hastings, le chauffeur et le directeur de cabinet du gouverneur. Trois des portières de la voiture étaient encore ouvertes.

Personne n'avait rien vu et l'appel qui avait donné l'alerte pour les coups de feu provenait d'une villa située à un pâté de maisons plus loin.

— C'est un sacré bordel, fit remarquer le sergent Larry Murach en rejoignant Halls.

— Tu plaisantes ! dit Halls d'un ton cassant. C'est bien pire que ça, Larry. Dans un court moment, il y aura des agents fédéraux qui grouilleront dans tous les coins. Notre ami de Washington, M. Brognola, a accepté d'envoyer une équipe à la demande du gouverneur. Et maintenant, nous ignorons où elle est. Nous ne savons même pas si elle est vivante. Et nous, nous sommes là à nous croiser les bras en attendant l'arrivée hypothétique de la cavalerie. Et tu sais ce qui me reste le plus en travers de la gorge ? C'est qu'il y a à peine deux heures, Kampp s'adressait à une armée de journalistes pour leur affirmer, et je l'ai approuvée, que les citoyens de Phoenix n'avaient plus aucune raison de s'inquiéter : « Je peux vous dire en toute confiance que nous allons bientôt trouver une solution à notre problème. Je remercie le Président et le F.B.I. de leur assistance. Le capitaine Halls et son équipe disposeront de moyens presque illimités pour mener leur combat. » Eh oui ! c'est exactement ce qu'elle a dit à la presse. Et ce sont les mêmes journalistes qui attendent de l'autre côté des barrières. Je suppose qu'ils vont me demander comment il est possible, alors que nous sommes supposés disposer de renforts fédéraux, que nous ayons laissé ces enfoirés enlever le gouverneur de l'Etat de l'Arizona pendant que nous attendons en nous tournant les pouces que quelqu'un prenne les bonnes décisions.

Murach, les yeux écarquillés et la mâchoire pendante, dut reconnaître qu'il n'avait rien à ajouter. C'était ce qu'il y avait de plus difficile à admettre pour un flic. Les truands avaient kidnappé le gouverneur sous leur nez et, putain, ils ne pouvaient rien y faire. Ils n'avaient pas la moindre piste, pas la moindre idée pour commencer leur enquête. Et ça, c'était une chose qu'ils ne pouvaient tolérer. Même s'ils laissaient la police de l'Etat prendre les commandes et qu'ils attendent les renforts du F.B.I., ils ne seraient pas plus avancés qu'eux.

— C'est cet enfoiré de Brognola qui nous a foutus dans cette merde. Et maintenant, nom de Dieu, c'est à lui de nous en sortir !

Halls pivota, cracha par terre et se dirigea d'un air décidé vers le van de la police scientifique.

Une fois dans le fourgon, il ordonna à Murach de rassembler le reste de ses hommes pour aider les hommes en uniforme. Puis il demanda aux techniciens de sortir. Une fois seul, il s'empara d'un téléphone, composa le numéro que Cooper lui avait donné et qui était censé le mettre directement en relation avec Harold Brognola.

Brognola décrocha à la première sonnerie. Halls reconnut immédiatement sa voix.

— Monsieur Brognola, c'est le capitaine Halls, de la police de Phoenix.

— J'attendais votre appel, répondit Brognola.

— Ah oui ! C'est parfait. Vous devez donc savoir pourquoi je vous téléphone.

— Nous avons déjà été avertis de l'enlèvement du gouverneur. Et je vous assure qu'au moment même où nous parlons, nous sommes en train de prendre toutes les mesures nécessaires. J'ai toutes les autorisations et je vous promets que nous allons vous envoyer des renforts. Un avion va décoller pour Phoenix avec une douzaine d'agents fédéraux et deux de nos meilleurs spécialistes en matière d'enlèvements. Ils devraient atterrir d'ici une heure.

— Eh bien j'espère qu'il y a des radiesthésistes dans le tas, répondit Halls. Parce que nous allons en avoir besoin pour retrouver le gouverneur Kampp.

— Capitaine Halls, je sais que la situation est complexe et je comprends votre colère. Mais jusqu'à présent vous n'avez pas encore disposé des moyens que nous allons vous fournir. Vous n'avez pas non plus idée des résultats que nous obtenons avec cette équipe. Il ne serait donc pas déraisonnable que vous nous laissiez agir librement.

— Vous laisser agir librement ?! Ecoutez, Brognola, je ne voudrais pas paraître ingrat parce que je sais que vous devez avoir un passé de flic impressionnant...

— Comment savez-vous cela ?

— Vous plaisantez, dit Halls, ironique. Je suis flic depuis plus de quinze ans, mon vieux. Je sais reconnaître un autre flic. Et j'ai de forts soupçons vous concernant. Je fais juste des prières pour que vous ne soyez pas devenu un de ces satanés bureaucrates de Washington.

— Je ne crois pas qu'on puisse dire ça de moi. Au contraire. Et j'espère que nous avons la même façon de voir les choses. En fait, en ce moment, Cooper est en train de s'occuper d'une usine à Nogales, de l'autre côté de la frontière. Nous pensons qu'il s'agit d'une des plus grosses unités de production de crack dont dispose Casco.

— Vous essayez de me faire croire que cet enfoiré

a suffisamment de couilles pour produire du crack au nez et à la barbe du gouvernement mexicain ? Et qu'en plus il peut le faire pénétrer sur le territoire américain sans que nos gars s'en aperçoivent ?

— Je ne le dirais pas sur un ton aussi mélodramatique, répondit Brognola. Mais en gros, c'est ça.

— Mais alors, si Casco est occupé ailleurs à défendre ses intérêts, dites-moi pourquoi il a enlevé le gouverneur ?

— Je ne dis pas que vous vous trompez, mais ça m'intéresserait de savoir ce qui vous fait croire que c'est Casco qui a enlevé Elizabeth Kampp. Pourquoi est-ce que ça ne serait pas Jorge Cardonna ?

— Qui ?

— Jorge Cardonna. C'est l'alter ego de Casco dans le cartel du Golfe. Nous avons de bonnes raisons de penser que Casco est entré en contact avec lui, probablement quand ils ont compris que ce n'était pas les *Zetas* qui avaient descendu les lieutenants de Casco devant la boîte de nuit. Cooper est persuadé que Casco est au courant de sa présence ici. Il pense que le meilleur moyen de mettre un frein à leurs activités, c'est de leur donner un objectif commun. Il s'attaque à l'usine de Casco pour détourner leur attention et vous permettre de travailler librement.

— Admettons que vous ayez raison. Ça n'empêche pas Casco de rester notre principal suspect pour l'enlèvement du gouverneur.

— D'accord, répondit Brognola. Qu'est-ce qui vous fait penser ça ?

— De toute évidence, Casco ne veut pas passer la main à Phoenix. Il doit penser que s'il perd le marché local, il ne pourra jamais reprendre le contrôle de ce territoire. Pas seulement parce que ça ferait foirer son business de kidnapping. Mais aussi parce qu'il serait affaibli, aussi bien vis-à-vis de ses propres hommes que vis-à-vis de ses concurrents. Il s'imagine lui aussi que la seule manière de s'en sortir c'est de détourner notre attention. C'est pour cela qu'il a enlevé le gouverneur Kampp.

Brognola éclata de rire.

— Ben, mon cochon, de vous à moi, vous me faites de plus en plus penser à Cooper !

— Je le prends comme un compliment, rigola Halls.

— O.K. Je vais vous dire ce que je vais faire. Je vais envoyer des renforts et nous verrons ce que nous pouvons trouver. Peut-être que nous pourrons vous mettre sur la bonne piste. Ça vous va ?

— Est-ce que j'ai le choix, Brognola ?

— Pas vraiment. Je vous rappellerai.

La communication fut interrompue, et il n'y eut plus que du silence. Halls retira ses écouteurs et les examina un instant en murmurant une bordée de jurons avant de les jeter sur une tablette et de sortir du van.

— Je dois reconnaître que ce Joe Halls me plaît bien, dit Brognola en raccrochant.

Preston entoura de ses doigts longs et élégants une pile de papiers et la laissa tomber sur la table lumineuse de la salle de briefing qui jouxtait le centre opérationnel de l'Annexe.

L'Annexe avait été construite quelques années auparavant pour agrandir le Ranch tel qu'il était à l'origine.

L'Annexe, un complexe imposant, était camouflée dans une scierie, pour dissimuler sa véritable nature. Non seulement la partie visible était équipée d'un toit rétractable qui révélait une batterie de missiles antiaériens mais l'ensemble du complexe pouvait être autonome pendant des mois, car il pouvait produire sa propre énergie ainsi que de l'eau potable.

Les différentes parties de l'Annexe étaient réparties sur un vaste périmètre et reliées au bâtiment d'origine par un tunnel d'une centaine de mètres. Elle comprenait une pièce pour les ordinateurs, un centre de télécommunications, et un centre pour les opérations de sécurité. Des écrans géants occupaient presque tous les murs. Il y avait aussi des espaces de stockage, des bureaux et même un studio pour les missions longues et intenses.

C'était sans doute par nostalgie que les briefings se tenaient toujours dans la *War Room*, juste sous le Ranch. Brognola et Price avaient aussi choisi d'y conserver leurs bureaux, essentiellement parce que le vieux bâtiment était plus pratique et plus confortable avec ses deux niveaux.

Il y avait aussi des salles de détente et de repos, une cuisine entièrement équipée et des appartements confortables pour accueillir les membres des équipes quand ils n'étaient pas en mission. Bien sûr, les chambres étaient peu utilisées, mais elles étaient un havre de douceur et de paix où ils pouvaient oublier les tensions des combats.

— Qu'est-ce qu'il t'a dit ?

— Rien de nouveau ni de très particulier, répondit Brognola. J'apprécie ce type parce qu'il se sert de sa tête au lieu de s'agiter dans tous les sens à la première alerte. Notre pays aurait besoin de plus de flics comme lui. Ce n'est pas le genre de type qui s'en fout. Il s'implique vraiment, exactement comme Striker.

— Il t'a impressionné, dis donc, répondit Evangelista avec un sourire qu'elle appuya d'un clin d'œil.

Brognola toussa.

— O.K. Revenons aux choses sérieuses. Qu'est-ce qu'on a sur le gouverneur Kampp ?

— Aussitôt que nous avons appris son enlèvement, j'ai demandé à Gadgets de chercher les planques où Casco pourrait la retenir prisonnière.

— Alors ?

— En fait, on a trouvé la réponse dans un vieux rapport de la D.E.A. Je suis désolée, mais il va falloir que tu te cognes toute l'histoire. Tu te souviens de ce blitz au Texas, à Brownsville pour être précis ? A cette époque, le cartel mexicain le plus puissant était dirigé par un certain José « Panchos » Carillo.

Brognola acquiesça.

— Qui pourrait l'oublier ?

Ce type avait écrasé tous les autres cartels après une campagne de meurtres et de trahisons. Ensuite, il s'était allié avec le colonel Nievas des FARC pour protéger les chargements de drogue.

— C'est ça. Et au même moment, une triade chinoise basée au Canada a tenté de prendre le contrôle du trafic de drogue et des réseaux de prostitution à Las Vegas. Ils ont établi une tête de pont à partir de laquelle ils espéraient étendre leurs activités.

— Résultat, une guerre entre les cartels et cette Triade, avec les villes américaines comme champ de bataille. Quand Striker a fait tomber Carillo, ça a été un véritable massacre tout le long de la frontière. Bien sûr, la D.E.A. et la police des Frontières ont réagi avec une efficacité incroyable. Mais il y a eu une vague d'émigration clandestine et c'est devenu la priorité. Malheureusement, l'administration s'est mise à consacrer tous ses budgets à des programmes sociaux pour essayer d'instruire les Mexicains et les réinsérer dans leur pays.

— C'est probablement une de nos plus grosses erreurs en matière de politique étrangère, commenta Brognola. Au lieu de s'attaquer aux trafiquants de drogue, on a fourni un service de baby-sitting au gouvernement mexicain parce qu'il n'était pas capable de surveiller ses propres frontières.

— Tu te souviens que notre manque de diligence a permis au cartel de Sinaloa et au cartel du Golfe de se restructurer. Après, il ne leur restait plus qu'à s'affronter pour contrôler le trafic entre le Mexique et les Etats-Unis. Récemment, le cartel du Golfe a remporté une série de victoires à Ciudad Juarez et à El Paso.

— Et c'est à ce moment que les enlèvements et les infractions à la législation sur les stupéfiants ont grimpé en flèche à Phoenix, conclut Brognola. Et comme d'habitude, Striker avait un coup d'avance. Il avait compris avant tout le monde qu'il y avait un lien entre les deux.

La jeune femme se rassit, croisa les bras et approuva d'un signe de tête la remarque de Brognola.

— Le plus triste, c'est que nous n'avons rien vu alors que pour Striker c'était une évidence. Je dois reconnaître que, sur ce coup, nous avons raté le coche. On aurait dû voir venir et agir quand c'était encore possible.

— Allons, Preston !
— Allons quoi ?
— Ne te flagelle pas comme ça parce que tu n'as pas tout compris tout de suite.

Brognola s'étira. Il regardait sans le voir son costume qui était tellement fripé qu'on aurait dit qu'il avait dormi avec.

— Ça fait longtemps que je fais ce boulot. S'il y a une chose que j'ai apprise, c'est qu'on ne peut pas gagner à tous les coups. Malheureusement, nous ne pouvons pas être partout à la fois. C'est le genre de truc avec lequel il ne faut pas se prendre la tête parce que c'est le boulot qui est comme ça. Et si tu n'arrives pas à garder la tête froide, c'est là que tu deviens inutile, voire dangereuse.

— O.K., c'est bon. La leçon est terminée, Patron ?

Brognola haussa les épaules et sourit. Au bout de ces années avec Evangelista à ses côtés, il avait compris qu'elle était dotée d'un humour pince-sans-rire tout à fait charmant. Beaucoup croyaient à tort qu'elle était froide et insensible, mais Brognola savait que cette mince carapace de professionnalisme dissimulait en fait une personne différente. Elle n'avait aucun mobile politique ou personnel, ce qui ne signifiait pas qu'elle prenait son boulot de contrôleur du Ranch à la légère.

— Fin du sermon, fit Hal en riant. Alors que dit exactement ce rapport de la D.E.A. ?

— Il semblerait que Casco, une fois qu'il s'est implanté à Phoenix, a entrepris de saper les positions de ses ennemis aussi bien que celles de ses alliés. Ce qui ne l'a pas rendu particulièrement populaire auprès des chefs du cartel de Sinaloa. Apparemment, ils avaient gagné pas mal d'argent dans le coin. Quand Casco a éliminé tous ses concurrents, il a augmenté les prix et sa popularité en a encore pris un coup. Finalement, la D.E.A. a réussi à infiltrer Gagliardi dans l'organisation de Casco, après qu'un autre de ses hommes a été descendu.

La jeune femme se tourna vers un écran d'ordinateur, appuya sur une série de touches et afficha une carte de la frontière entre le Mexique et l'Arizona.

— J'ai demandé à Gadgets de rassembler tous ces renseignements. Nous pourrons les envoyer à Jack pour qu'il les donne à Striker. Apparemment, Casco pourrait tout simplement se volatiliser si les choses devenaient trop chaudes pour lui. Il y a une zone de montagnes escarpées à une quinzaine de kilomètres au nord-ouest de Nogales. Si l'on en croit le rapport de la D.E.A., Casco a investi beaucoup d'argent pour s'y faire construire une hacienda fortifiée.

Un cercle rouge apparut sur la carte.

— Nous pensons que si c'est Casco qui a fait enlever le gouverneur, le plus probable c'est qu'il l'ait emmenée là. Nos renseignements indiquent que l'endroit est très bien gardé et d'un accès très difficile. Il est pratiquement impossible à détecter, même en avion.

Bien sûr, la difficulté à le repérer ne posait aucun problème aux équipes du Ranch, pas plus que si Casco avait peint une cible sur sa base secrète. Le matériel de détection électronique embarqué dans l'avion que pilotait Jack Grimaldi pour aller à son rendez-vous avec Bolan était capable de repérer ce genre de truc assez facilement. Grimaldi disposait d'un détecteur à infrarouge dernier cri, d'appareils de transmission et tout un ensemble de dispositifs utilisés par le contrespionnage.

En fait, même à partir d'une localisation approximative, il y avait peu de chance que la base secrète de Casco échappe à Grimaldi. Une fois qu'ils l'auraient repérée, l'Exécuteur n'aurait plus qu'à arriver avec un plan pour rentrer à l'intérieur. Et sauver le gouverneur Kampp.

— Je suppose que tu as déjà transmis l'information à Jack ? demanda Brognola.

— Je l'ai envoyé directement sur l'ordinateur de son avion par liaison satellite, répondit Preston. Nous l'avons aussi contacté par téléphone pour lui expliquer la situation. Il n'était pas très loin de l'aéroport, et je te parie qu'à l'heure qu'il est, il a déjà atterri et qu'il attend tranquillement l'arrivée de Striker.

— J'espère que tu as raison, dit Hal. J'ai donné ma parole que nous aiderions le gouverneur à écraser cette vermine alors qu'en fait nous n'avons même pas été capables d'empêcher nos ennemis de s'emparer d'elle.

— Tu te souviens de ce que tu m'as dit tout à l'heure ? demanda la jeune femme. Tu sais bien qu'on ne peut pas être partout à la fois. Ne te rends pas malade, Hal.

Brognola éclata de rire.

— Tu me ressers mon petit discours. Je dois dire que j'aurais dû m'y attendre. Tu sais ce qu'il y a de plus drôle ?

— Non, quoi ?

— Quand j'ai parlé avec le gouverneur Kampp, elle n'était pas très chaude pour laisser Striker régler les choses à sa manière. Et maintenant, il n'y a que lui qui puisse la sortir de ce pétrin. Je me demande ce qu'elle dirait si elle le savait.

— Je ne lui ai pas parlé. Je n'en sais rien. Il n'y a plus qu'à prier pour que tu puisses le lui demander de vive voix très bientôt.

— Espérer et prier, ça, c'est dans mes cordes, murmura Brognola.

CHAPITRE XIII

Duke fit exactement ce qu'il avait promis. Il accompagna Bolan dans une partie de l'usine protégée par une lourde porte d'acier commandée par un système de vérins hydrauliques.

Pendant tout le trajet, Bolan avait dû se dissimuler pour échapper aux patrouilles de plus en plus nombreuses. Il n'y avait eu ni alarme ni sirène, mais Bolan savait que les hommes de Casco étaient en alerte maximum. Ils n'avaient pas l'intention de le laisser s'échapper facilement. Bolan s'était préparé à ce type de situation, mais la présence de Duke l'avait obligé à modifier ses plans.

Avait-il le choix ?

Ce n'était pas une bonne idée d'abandonner le gosse derrière lui. Les employés du premier étage l'avaient vu en sa compagnie. Et comme Duke n'était pas avec la femme qu'il appelait señora Minoza, il n'avait aucun alibi. Les hommes qui les poursuivaient comprendraient vite que l'enfant avait aidé Bolan, d'une manière ou d'une autre. Même s'il ne leur donnait pas de détails, ils arriveraient toujours à lui faire cracher le morceau, soit en le menaçant soit en menaçant sa mère. Sans compter que le Guerrier avait promis de les sauver tous les deux. Et Bolan était un homme de parole.

— O.K. Bon boulot, dit-il à son jeune guide lorsqu'ils furent dissimulés sous un large tapis roulant, cachés aux regards ennemis par la grille qui en protégeait le côté. Je peux te sortir d'ici, mais je vais avoir besoin de ton aide. Tu sais où trouver ta mère ?

Duke hocha la tête avec gravité.

— Bien, dit Bolan.

Le gamin n'était pas encore complètement rassuré, mais il commençait à reprendre confiance : ils arriveraient à s'en sortir.

— Est-ce que tu peux l'éloigner des hommes méchants ? Et si tu le peux, est-ce que tu connais un endroit pour vous cacher ?

— Je connais les meilleures cachettes, répondit Duke.

Pour un gamin élevé dans les banlieues de Mexico, son anglais impressionnait Bolan. Il n'avait probablement reçu aucune éducation sérieuse, la plus grande partie de ce qu'il savait il avait dû l'apprendre dans la rue et à la télévision. Le surnom qu'il s'était choisi semblait confirmer cette seconde hypothèse. Peu de petits garçons, que ce soit au Mexique ou aux Etats-Unis étaient capables de résister aux films de John Wayne. Pour une grande partie de la jeunesse, LE Duke incarnait un idéal de virilité. Et Soledad, alias Duke, ne faisait pas exception à la règle.

Soudain, Bolan entendit une voix sèche aboyer des ordres en espagnol. Il tendit l'oreille, essayant de comprendre mais sans y arriver.

— Tu comprends ce que dit cet homme ? demanda-t-il à Duke.

Duke hocha la tête.

— Il demande aux autres hommes d'aller vous chercher. Il dit que je suis avec vous. Il sait que nous sommes amis.

— N'aie pas peur, le rassura Bolan. Il faut que tu sois courageux et que tu m'aides à retrouver ta mère. Tu sais comment retourner sur les quais ?

— *Qué !* C'est quoi « les quais » ?

— Les quais ? Là où les camions arrivent pour décharger.

— Ah ! *Si*. Je sais où c'est.

Bolan réfléchit une seconde avant de prendre sa décision.

— Il y a un camion qui est garé là-bas. Un camion comme ceux qui viennent ici de temps en temps. Tu trouves ta maman, vous allez vous cacher dans ce camion et vous m'attendez.

— Tu vas où, monsieur ? Je croyais que nous étions *amigos* ?

Bolan posa une main sur l'épaule du garçon.

— Nous sommes *amigos*, Duke. Mais je dois faire quelque chose de très important. Ces hommes font des choses très méchantes dans mon pays, en Amérique, et je dois les arrêter. Sinon, tu devras faire le même travail que ton frère.

— Mais ça me va.

— Tu comprendras quand tu seras plus grand. Un jour, je t'expliquerai. Mais, pour l'instant, il faut faire exactement ce que je te dis. S'il te plaît.

Duke approuva avec l'exubérance naïve de la jeunesse.

Duke était un garçon qui ignorait tout de la corruption. Il faisait ses affaires et si ça correspondait à ce que les autres voulaient, c'était tant mieux. Si ce n'était pas le cas, il traçait sa route sans se soucier des conséquences. Et pourquoi pas ? Duke se considérait comme la réincarnation de John Wayne, et il ne renoncerait pas à un projet ou une idée sous le simple prétexte qu'il y avait du danger.

Et, pour cela, Bolan admirait ce gamin.

— Alors, allons-y, lança-t-il.

Duke lui tendit la main. Bolan s'apprêtait à la serrer quand le gamin lui en claqua cinq. Il lui adressa un dernier sourire avant de disparaître. Si vite que Bolan eut du mal à y croire.

Pourtant, il reporta son attention sur ce qui était plus urgent. Le chef, qui avait envoyé les deux hommes sur ses traces, avait commis l'erreur de rester sur place pour surveiller l'entrepôt. L'homme mesurait un bon mètre quatre-vingts mais n'avait pas l'air très costaud. Pourtant, l'Exécuteur restait prudent. Il n'y a rien de plus dangereux pour un soldat que de sous-estimer son adversaire.

Le Guerrier décida que la meilleure approche, c'était encore de frapper vite et le plus fort possible, et sans attendre plus longtemps, il bondit hors de sa cachette, se rua sur l'homme comme un taureau furieux et fut sur lui avant qu'il ait eu le temps de réagir. Il le frappa entre les deux omoplates, juste à la base du cou. En même temps, il lui fit un balayage. Cette prise, connue sous le nom de marteau-pilon, envoya l'homme s'exploser le visage sur la porte d'acier. Il glissa sur le sol en laissant une traînée sanguinolente sur le métal.

Bolan examina la porte et repéra un système d'ouverture à carte magnétique semblable à celui qu'il avait vu à l'extérieur du bâtiment. Il fouilla le corps inconscient jusqu'à ce qu'il trouve une carte. Il la prit et la fit glisser dans le lecteur. D'abord, il ne se passa rien et Bolan fut pris d'un doute. Puis, soudain, il y eut un claquement métallique et la porte se mit à glisser lentement.

Il avait rangé son Beretta pour prendre son FNC et il s'en félicita.

Quand il entra dans la pièce, deux commandos des *Negros* se retournèrent brusquement et le regardèrent fixement avant de dégainer leurs armes. Bolan fonça vers l'abri le plus proche alors que les deux hommes ouvraient le feu. L'Exécuteur effectua un roulé-boulé qu'il acheva sur un genou, derrière une pile de barils en métal. Il leva son arme et expédia une rafale en direction des deux hommes. Il n'espérait pas les toucher, mais leur faire prendre conscience qu'ils étaient exposés au feu de l'ennemi.

Un des deux hommes réagit avec une vivacité tout à fait remarquable et se jeta derrière un tas de caisses. Le second semblait considérer que la seule protection dont il avait besoin, c'était le feu nourri de son arme automatique. Il se mit à tirer en direction de Bolan. Ça aurait pu marcher, avec un adversaire moins aguerri. Mais Bolan était loin d'être un bleu. Il changea de position et chercha le bon angle de tir. Il ne rata pas son second essai, envoya une courte rafale qui remplit parfaitement son office. Les deux premiers projectiles touchèrent l'homme en pleine poitrine et le troisième lui arracha une grande partie de la mâchoire. Du sang jaillit dans toutes les directions alors que le cadavre exécutait une étrange pirouette avant de s'effondrer sur le sol froid. Bolan essaya sans succès de repérer le second tireur. Pour couronner le tout, il entendait des renforts qui rappliquaient. Un des tireurs qui devaient avoir perçu un mouvement leva une mitraillette AKSU-74 et commença à canarder devant lui. Bolan reconsidéra la situation. Les cartels mexicains, et particulièrement celui de Sinaloa, étaient puissants et influents. Il faudrait être fou pour le nier. Mais c'était quand même inquiétant que leurs commandos soient équipés de telles armes. Qu'est-ce qui avait pu se passer ?

Bola chassa ces questions de son esprit, il y reviendrait plus tard, et repartit au combat. Il n'avait rien à perdre car sa position était de plus en plus exposée. De nombreuses balles labouraient le ciment du mur juste au-dessus de sa tête. Les éclats de béton pleuvaient autour de lui. Un de ces éclats le frappa au visage et il sentit une goutte de sang couler le long de sa mâchoire.

Les balles résonnaient sur les tonneaux qui lui servaient d'abri. La plupart étaient vides mais l'un d'entre eux émit un bruit sourd quand une balle le transperça.

Une odeur épaisse, acide et certainement nocive, envahit les narines de Bolan et les larmes lui vinrent aux yeux. Il crut d'abord qu'il s'agissait d'un produit toxique mais l'odeur était familière. Du diluant à peinture. C'était ça. Bolan examina le tonneau et trouva rapidement ce qu'il cherchait : une plaque métallique gravée qui indiquait $C_{10}H_{16}$. Bolan sut immédiatement de quoi il s'agissait. De l'essence de térébenthine. Bien sûr, les hommes de Casco avaient besoin de stocker de grandes quantités de produits chimiques pour faire disparaître toutes les preuves en cas d'attaque des *federales*.

L'Exécuteur remercia son ange gardien pour ce coup de pot. Il détacha une grenade M-62 de son baudrier, ôta la goupille et la laissa tomber à ses pieds. Puis, il bondit hors de sa cachette. Ainsi qu'il l'avait espéré, les tueurs se lancèrent à sa poursuite, déclenchant un véritable ouragan de plomb. Bolan s'abrita derrière une plaque de tôle appuyée contre un mur et qui faisait office de cloison dans l'immense hangar.

Quand la M-62 explosa, il sentit la chaleur de l'essence de térébenthine qui s'enflamma aussitôt. Le liquide était hautement inflammable, mais Bolan savait qu'il ne brûlerait pas très longtemps. Ce qu'il pouvait espérer de mieux c'était que le feu se propage aux machines qui ronronnaient tout autour et détruise les marchandises mortelles de Casco.

Immédiatement, il entendit les cris de ses poursuivants qui avaient été directement exposés au souffle incandescent de l'explosion. Les flammes montaient jusqu'au plafond.

Bolan bondit et, tout en tirant avec son FNC, se rua vers une large fenêtre voûtée à l'autre bout de la pièce. D'un bond, l'Exécuteur prit appui sur une table et se jeta à travers la fenêtre. Il s'attendait à faire une chute importante mais il y avait un gros transformateur électrique juste en dessous de la fenêtre. Il se réceptionna en douceur et sauta sur le sol.

Il courut le long du bâtiment et arriva jusqu'au quai de déchargement. Le camion était toujours là. Il l'atteignit en quelques enjambées et entreprit de détacher la remorque. Il irait plus vite et plus loin s'il la laissait sur place. Il aurait préféré pouvoir examiner la cargaison, mais pour le moment, ce n'était pas le plus important. Il avait atteint son objectif et détruit l'usine de Casco. Avec un peu de chance Casco serait touché au portefeuille et dans ses plans en même temps.

L'Exécuteur avait appris très tôt, au cours de sa lutte contre la Pieuvre, que la meilleure stratégie contre un ennemi numériquement supérieur, c'était de choisir ses objectifs pour causer à la fois des dommages matériels et financiers. En plus, ces attaques ciblées et spectaculaires avaient un impact psychologique non négligeable. En définitive, son plan sapait les bases physiques et mentales de ses adversaires. L'Exécuteur savait que c'était une tactique efficace à long terme.

Il consulta sa montre. Il y avait presque dix minutes qu'il avait quitté Duke et commençait à s'inquiéter. Une sirène retentit avant qu'il ait eu le temps de prendre une décision.

D'ici peu, le coin grouillerait d'hommes des *Negros* armés jusqu'aux dents et il préférait les éviter, dans la mesure du possible.

Au même moment, Duke surgit de la porte où Bolan avait vu deux hommes entraîner le chauffeur du camion un peu plus tôt. Il était accompagné d'une jolie jeune femme. Les deux fugitifs traversèrent le quai en courant. Duke sourit en apercevant Bolan.

— Tu es là, tu es là, criait-il. Tu nous as attendus !

— Je t'avais donné ma parole, répondit Bolan. Allez, en route !

Bolan aida le garçon et sa mère à monter dans le camion. Elle avait une silhouette élancée et pleine de courbes à la fois, des cheveux noirs et bouclés. Son fils lui ressemblait trait pour trait. Elle avait les yeux tristes et des rides commençaient à se dessiner aux coins de ses paupières. Elle semblait marquée par la dureté de sa vie et par la violence des conditions de travail qu'elle devait supporter pour nourrir sa famille.

Elle s'assit le plus loin possible de Bolan et l'examina avec inquiétude. Elle serrait son fils contre elle et lui caressait les cheveux. Duke et sa mère échangèrent quelques mots en espagnol. Comme ils parlaient très vite en faisant de nombreux signes avec les mains, Bolan ne put comprendre ce qu'ils se disaient. Finalement il abandonna, fit démarrer le camion et se concentra sur la manière de les faire sortir de cet endroit.

En passant devant la porte principale, Bolan vit que les employés commençaient à sortir des bâtiments. La sirène devait être une alarme incendie, elle s'était sans doute déclenchée automatiquement. L'incendie allumé par Bolan allait tout détruire, mais Casco pourrait se faire rembourser par les assurances. Ça ne représenterait pas dix pour cent de son investissement réel ; Bolan pouvait se dire qu'il lui avait porté un rude coup.

— Bien joué, Mister, s'exclama Duke. Tu es fort.
— Tu t'en es bien sorti toi aussi, répondit Bolan.

Les balles se mirent à ricocher sur la cabine du camion. Bolan enfonça l'accélérateur. La grande porte qui fermait l'enceinte se précipitait vers eux à toute vitesse. Avant que les gardes aient eu le temps de réagir, Bolan percuta les grilles qui furent emportées par la violence du choc. Les trois gardes furent tellement surpris que le camion hurlant était hors de portée depuis longtemps quand ils pensèrent à sortir leurs armes.

Bolan roulait aussi vite que possible. Il ne pensait pas qu'ils pourraient le prendre en chasse, mais il restait paré pour toutes les éventualités.

Comme d'habitude, les événements se précipitèrent rapidement. Dans le rétro, Bolan aperçut deux paires de phares ainsi que deux nuages de poussière. Bolan réfléchit aux options qui s'offraient à lui. Il hésitait. Devait-il essayer de les distancer ? La frontière n'était qu'à quelques kilomètres et il pensait pouvoir y arriver avant que leurs poursuivants ne les rattrapent.

Il y avait juste un petit problème.

Il pouvait laisser le camion du côté mexicain et traverser la frontière le plus simplement du monde pour retourner aux U.S.A. Mais ce serait impossible pour Duke et sa mère. Par contre, il pourrait certainement faire suffisamment de foin pour qu'on les autorise à se réfugier dans les locaux de la douane. Pendant ce temps, il téléphonerait à Brognola pour leur obtenir des visas en urgence.

— Duke, si ces hommes nous attrapent, ils ne feront pas de quartier. Est-ce que toi et ta mère vous aimeriez vivre en Amérique ?

— Je veux y aller, j'ai très envie d'y aller. Mais pour ma mère je ne sais pas.

— Pourquoi est-ce que tu ne le lui demandes pas ? proposa gentiment Bolan.

Un sourire éclaira le visage du garçon et il commença à parler à sa mère. La conversation dura un peu plus d'une minute et Bolan commençait à perdre patience. Bolan comprenait parfaitement que la jeune femme ne lui fasse pas confiance. Mais il n'arrivait pas à savoir si c'était parce qu'il était américain ou tout simplement parce qu'elle n'était pas sûre qu'il pourrait protéger son fils. En fin de compte, ça ne faisait pas une grande différence. Bolan comprenait au ton de leur conversation qu'elle n'avait pas l'intention de passer la frontière.

— Elle ne veut pas, Mister, expliqua Duke au bout d'un moment. Et si elle reste, je reste aussi.

Bolan fit une dernière tentative pour la faire changer d'avis.

— Vous pourriez avoir une vie meilleure de l'autre côté de la frontière, dit-il à la jeune femme.

Il ne savait pas si elle pouvait le comprendre, mais au moins il aurait essayé.

— Votre fils aurait une vie meilleure. Et vous aussi.

La femme pointa son index sur sa poitrine puis désigna Bolan.

— C'est notre maison, ici. Nous ne partons pas, nous restons ici.

— Je comprends, dit Bolan en hochant la tête.

Lorsqu'ils arrivèrent en vue de la frontière, Bolan chercha un endroit désert où abandonner le camion. Il finit par trouver une ruelle en cul-de-sac et conduisit le camion à l'abri d'un bosquet d'arbres. Il sauta de la cabine et aida la jeune femme à descendre. Duke refusa sa main tendue expliquant qu'il était assez grand pour descendre tout seul.

Bolan s'agenouilla et passa la main dans les cheveux du garçon.

— Prends bien soin de toi, Duke. Et de ta mère.

Sans prévenir, le gosse sauta au cou de Bolan qui sentit son cœur bien près d'exploser.

Bolan détacha les bras du garçon.

— Merci, *amigo*.

— Merci, Mister. Tu es un bon ami.

Bolan fouilla dans sa poche et en sortit un rouleau de billets. Il garda deux cents dollars pour lui et tendit le reste à la femme.

— Ne retournez pas à l'usine. Jamais. Quittez cette ville et trouvez-vous un endroit où vous pourrez vivre en sécurité. Duke mérite d'avoir sa chance. Et vous aussi.

Et, sans rien ajouter, le Guerrier se retourna et se dirigea vers la frontière.

CHAPITRE XIV

Hector Casco contemplait la silhouette tremblante du gouverneur de l'Arizona avec une satisfaction évidente.

Salto la lui avait livrée, ficelée comme un rôti, avec un bâillon et un bandeau sur les yeux. Quand elle était arrivée dans son hangar privé situé à la périphérie de l'aéroport de Phoenix, Casco l'avait examinée un long moment en silence en tournant autour d'elle.

Pour préparer la « livraison », le patron du cartel avait quitté sa propriété et s'était rendu directement jusqu'au hangar. Il avait demandé à son pilote personnel de déposer un plan de vol pour Mexico. Bien sûr, ce n'était pas là qu'ils se rendraient. Ça n'avait pas d'importance. Casco disposait d'un vaste réseau de fonctionnaires véreux qui lui obéissaient au doigt et à l'œil et qui rempliraient tous les papiers nécessaires si quelqu'un s'avisait de venir fouiller là où il ne fallait pas.

Pourtant, il était préoccupé. Pas par le fait d'avoir été obligé de commettre une action aussi violente que l'enlèvement du gouverneur. Mais parce qu'il n'avait pas pu limiter les dégâts pour ses propres affaires.

L'enlèvement de cette salope de Kampp était devenu

la priorité *numero uno* pour toutes les forces de police de l'Etat. Du coup, les descentes et les opérations coup de poing contre ses revendeurs avaient un peu diminué. Pendant qu'ils cherchaient Kampp, il avait le temps de se réorganiser. Et pourtant, ils avaient causé des dommages importants. Ça prendrait du temps pour tout reconstruire.

Casco se renversa dans le profond fauteuil de cuir de son jet privé et reporta son attention sur Kampp. Il avait ordonné qu'on lui enlève son bandeau pour qu'elle puisse le voir. Elle n'était pas si mal avec son teint sombre et ses cheveux noirs. En fait, elle possédait quelques-unes des meilleures qualités des femmes espagnoles… Mais il n'éprouvait aucun désir en la contemplant. Son véritable plaisir, c'était le sentiment de victoire totale, absolue, qui montait en lui.

Casco soutint un long moment le regard noir, brûlant de haine, d'Elizabeth Kampp. Soudain, il se leva et sortit de sa poche un petit couteau tranchant comme un rasoir. Il éprouva un plaisir pervers en voyant les yeux de la femme s'agrandir. Finalement, il fit glisser la lame derrière son oreille et trancha le bâillon d'un coup sec. Kampp ouvrit la bouche, inspira profondément et recracha des fibres de tissu.

— Où m'emmenez-vous ? demanda-t-elle d'une voix rendue rauque par la soif.

— Vous le saurez bien assez tôt, répondit Casco.

Il prit une bouteille d'eau dans un petit réfrigérateur et lui en offrit un verre, mais elle tourna la tête.

— Ah non ? dit-il comme s'il s'adressait à un enfant qui refuse de finir ses légumes. Ce n'est pas bien.

J'essaye d'être poli, gouverneur Kampp. Est-ce que je peux vous appeler Elizabeth ?

Kampp ne dit rien, mais son regard brûlant exprimait clairement ce qu'elle pensait de cette éventualité.

Casco haussa les épaules et retourna s'asseoir. Il croisa les jambes, leva son verre de tequila on ice et la regarda droit dans les yeux.

— Trêve de plaisanteries, nous devons parler de l'avenir.

— Tu n'as aucun avenir, espèce de bâtard, siffla Kampp. Quand mes hommes t'arrêteront, et ils vont t'arrêter, tu vas aller en prison pour tellement longtemps que tes petits-enfants te rendront visite au parloir.

— Silence !

Casco était rouge et semblait littéralement sur le point d'exploser. Il attendit d'avoir repris son calme et ajouta :

— Tu l'ouvres encore une fois sans avoir l'autorisation et je t'enfonce ce bâillon dans la gorge avant de te la couper.

Kampp se tut et s'immobilisa, comme sous l'effet d'une décharge électrique.

— Tu as eu assez souvent l'occasion de parader et d'étaler ton pouvoir devant les caméras de la télévision, continua Casco. Tu peux voir où ça t'a menée. Donc, comme je le disais, nous devons parler de l'avenir.

Casco avait choisi de ne pas lui révéler qu'il l'avait déjà condamnée. Il voulait lui laisser croire qu'il accepterait de la laisser partir si elle accédait à ses exigences. Si elle savait que, quoi qu'il arrive, elle ne reverrait pas Phoenix vivante, elle risquait de se rebeller et même de chercher à s'enfuir.

S'il y avait une chose que Casco savait sur Kampp, c'était qu'elle était dotée d'un instinct de survie plus fort que toutes les femmes qu'il avait rencontrées. Salto en avait apporté une preuve supplémentaire quand il avait raconté comment elle s'était défendue contre les hommes qui voulaient l'enlever.

— Tu as fourré ton nez là où il ne fallait pas, salope. Tu as lancé tes chiens à mes trousses et maintenant ces trous-du-cul vont devoir cracher s'ils veulent te revoir vivante.

— Ils ne feront rien, répliqua Kampp. Mes hommes ont des instructions strictes. Je leur ai interdit de négocier avec les terroristes et les criminels. Et, de toute évidence, vous êtes les deux en même temps.

Casco sentit la colère l'envahir. Sans le moindre avertissement, il bondit de son siège et gifla la femme à toute volée. La tête d'Elizabeth rebondit violemment contre le siège tandis que l'écho du coup se répercutait dans l'appareil, couvrant le bruit des moteurs. Kampp foudroya Casco du regard, mais il s'en fichait. Ce qui le mettait en colère, c'était d'avoir renversé son verre.

— Je t'avais dit de la fermer, grinça Casco en se rasseyant. Peut-être qu'un bâillon ne sera pas suffisant. Il va falloir que je te coupe la langue.

Casco contemplait les lèvres tremblantes de la femme et ses yeux écarquillés avec un intense sentiment de satisfaction et de puissance. Cette pute avait trimballé sa gueule peinturlurée sur toutes les télés pour annoncer ce qu'elle allait lui faire quand elle l'aurait arrêté. Lui, Casco. Mais maintenant qu'elle était en face d'un adversaire *supérior*, elle la ramenait moins. Non, elle ne l'impressionnait pas, pas du tout.

— Tu sais qui je suis ? Je suis celui qui hante tes pires cauchemars, ajouta-t-il sans lui laisser le temps d'ouvrir la bouche. Tu vois, avant tout, je suis un businessman. Mais je suis aussi un meneur d'hommes. Des hommes qui ont un combat à mener. Contre ceux qui veulent corrompre notre cause. Comme n'importe quel commerçant, je cherche avant tout à faire du profit, à dégager des marges. Par tous les moyens, ça n'a pas d'importance. Les frontières ne comptent pas pour moi. Il y a quelques années, un homme a essayé de faire la même chose. Mais il s'est brûlé les ailes. Tu sais pourquoi ? Parce qu'il n'avait pas de *vision*. La *vision*, c'est ce qui sépare les grands chefs des autres, des médiocres. C'est la *vision* qui m'a permis de contrecarrer vos pitoyables tentatives de vous opposer à mes plans. C'est grâce à la *vision* que mes hommes me craignent et me respectent. C'est cette *vision* qui m'a fait ce que je suis, qui me permet de modeler le monde autour de moi. Je prends ce dont j'ai envie, sans demander à qui que ce soit et sans l'ombre d'un remords.

Casco s'arrêta, finit ce qui restait au fond de son verre et le posa brutalement sur la table.

— Que dire de plus ? Les visionnaires sont souvent détestés à tort. Vous ne pouvez me juger parce que vous ne savez pas ce que j'ai dû faire pour parvenir où je suis. Tout ce que je possède, je l'ai *gagné*. On ne m'a fait aucun cadeau. Je n'ai pas eu la chance de naître dans le luxe et dans la soie.

Il montra sa veste.

— Voyez ce costume, par exemple. J'ai dû payer presque quinze cents dollars pour ce bout de chiffon. Et pourquoi ? Est-ce que j'en avais besoin ? Bien sûr, j'aurais pu acheter quelque chose de moins cher. Mais je l'ai choisi, celui-ci, parce que la plus grande partie de ma chienne de vie, je l'ai passée à désirer tous ces trucs qui s'étalaient, hors de portée. Il y a eu des périodes de ma vie où je n'étais pas sûr de manger tous les jours. Une fois, dans la ville où je suis né, j'ai dû me battre avec deux hommes bien plus forts que moi pour les poubelles d'une épicerie.

Casco fit un geste de la main pour montrer ce qui l'entourait.

— Maintenant, je possède un jet privé.

Le regard de Kampp montrait à Casco qu'il perdait son temps avec elle. Elle ne croyait pas à son destin de self-made-man. Elle ne *pouvait* pas comprendre. Elle n'avait pas cette vision dont il venait de parler. Dans l'histoire, il y avait eu une foule de grands hommes, dont les ancêtres de Casco faisaient partie, qui avaient gaspillé les trésors de leur savoir et de leur sagesse en les dévoilant aux masses ignorantes qui s'empressaient de les mépriser.

— Qu'est-ce qui compte pour toi, au final ? demanda Casco. En fait, il n'y a pas grand-chose à dire. Tu ne peux pas comprendre. Tout ce que j'ai perdu aujourd'hui, je vais le reconquérir, et peut-être que tu pourras rentrer chez toi vivante s'ils acceptent de payer une rançon. Jusque-là, tu vas te tenir tranquille et faire gentiment ce qu'on te dit. Je sais être un hôte attentionné, mais il ne faut pas abuser de ma patience ni de ma gentillesse. Souviens-toi que tu es ma prisonnière, pas mon invitée.

Casco se tut. Ils étaient presque arrivés à son repère secret qu'il avait baptisé *El Castillo*. Une fois là-bas, il la ferait enfermer jusqu'au moment de se débarrasser d'elle. Il se demanda une seconde si le plus simple ne serait pas de la tuer immédiatement. Elle ne risquerait plus de lui créer des ennuis ou de chercher à s'évader. Finalement, il renonça. Il avait encore besoin d'elle pour faire valoir ses « exigences ». Il avait besoin d'elle pour occuper les flics pendant qu'il réorganisait son territoire et ses réseaux. Et pour cela, il savait qu'il lui faudrait fournir des preuves de vie. Ils les exigeraient, et si Casco voulait que son plan aboutisse, il devait jouer le jeu.

Au moins pendant un certain temps.

Le téléphone de Halls se mit à vibrer.

— Capitaine Halls ? demanda une voix.

— C'est moi.

— Capitaine, ici l'officier Nikkels. Je fais partie de l'équipe que vous avez envoyée suivre une certaine Claudia Pacorbo.

Halls se souvint qu'il avait ordonné cette filature un peu plus tôt dans la journée.

— Laissez tomber. Je ne crois pas que ça donnera grand-chose. Faites votre rapport au sergent de garde. Il y a des tas de trucs plus urgents en ce moment.

— C'est justement pour ça que j'appelle. Je crois que ça peut donner quelque chose.

— Que voulez-vous dire ?

— Eh bien... Quand nous sommes arrivés pour relever l'équipe précédente, ils nous ont refilé son dossier et nous avons donc eu quelques infos sur Pacorbo. Il semble qu'elle avait pas mal de pognon sur elle.

— O.K., je connais son dossier, officier Nikkels. Allez aux faits, nous avons pas mal de boulot de notre côté.

— Bien, capitaine. Donc, on planquait devant ce motel où elle avait pris une chambre quand une limo s'est pointée. La fille est sortie de sa piaule, maquillée comme une voiture volée, elle est montée dans la bagnole et ils sont sortis de la ville. Nous, on s'apprêtait à laisser tomber parce qu'ils allaient bientôt quitter l'Etat, à moins qu'ils ne l'emmènent dans les Redsand. Est-ce que vous connaissez ce coin ?

— Ouais, je n'y habite pas mais je connais un peu. C'est quoi le problème ? Vous êtes au courant que Pacorbo est une call-girl de haut vol. En tout cas, c'est ce que l'assistante sociale qui la suivait dans sa jeunesse a inscrit dans son dossier.

— Bien. Il semblerait donc qu'elle soit de retour sur le trottoir parce qu'elle s'est fait déposer dans un ranch... Vous n'allez pas le croire.

— Les faits, Nikkels, vous vous souvenez ? Vous êtes en train de vous égarer.

— J'y arrive, monsieur. Nous avons fait des recherches pour voir ce qui allait tomber. Le ranch appartient à un certain Rumaldo Salto.

Une sirène muette retentit dans la tête du capitaine Halls.

— Salto... Rumaldo Salto. Pourquoi est-ce que ce nom me dit quelque chose ?

— C'est normal, monsieur. Tous les vieux flics devraient se souvenir de ce nom, sans vouloir vous manquer de respect. A dix-neuf ans, Salto a été expédié à la prison fédérale purger une peine de huit ans pour avoir battu à mort un type dans un bar. Il a plaidé la légitime défense pendant que le procureur hurlait au meurtre et il a finalement été condamné pour homicide involontaire. Il a fait appel et il a été libéré seize mois plus tard. Ça avait fait la une à l'époque parce que le type qu'il avait tué était le fils d'un flic du LAPD, un étudiant en première année de fac.

— Ouais, ça y est. Je m'en souviens, c'est pour ça que le nom me dit quelque chose. Ce type n'a causé que des problèmes depuis qu'il est sorti du centre de placement. Il a fait ses premières armes comme gros-bras dans un gang à quatorze ans. Nous savions déjà qu'il nous poserait des problèmes parce qu'il avait la langue bien pendue.

Mais, plus important encore, pensa Halls, les rumeurs affirmaient qu'il appartenait au cartel de Sinaloa et qu'il avait pris du galon depuis l'époque où il n'était qu'un simple messager. Ces messagers étaient le vrai coup de génie des cartels. Parce que, techniquement, on ne pouvait pas utiliser les écoutes électroniques. Il était très difficile de repérer un messager et de le surprendre en pleine conversation avec son *rapporteur*, comme on appelait ceux qui étaient directement en contact avec le big boss. Cette manière de communiquer était particulièrement retorse parce que les rencontres avaient lieu dans des endroits secrets et qu'ils n'utilisaient pas le téléphone. Jamais.

— Vous savez sans doute, monsieur, reprit Nikkels, qu'on prétend que Rumaldo Salto est en cheville avec…

— Avec Hector Casco, je sais, l'interrompit Halls. Nikkels, écoutez-moi avec attention. Vous surveillez la maison et vous vous assurez que personne n'en sort. Je vous envoie immédiatement une véritable armée.

— Vous croyez que c'est là qu'ils ont emmené le gouverneur Kampp ?

— Je n'en sais rien, mais c'est un bon endroit pour commencer nos recherches. Vous avez bien fait de m'appeler immédiatement, Nikkels. Quand tout ça sera fini, je vous recommanderai pour une citation avec votre équipier.

Il ne fallut pas longtemps à Halls pour obtenir un mandat du juge d'instruction. Avec la vie du gouverneur dans la balance, ils auraient vendu leur âme et celle de leur fils aîné pour que la police trouve la moindre piste sur l'endroit où elle était retenue prisonnière. Aucun juge n'aurait voulu assumer un refus qui aurait eu pour conséquence de ramener Elizabeth Kampp entre quatre planches plutôt que debout dans une décapotable à saluer la foule.

Halls ne voulait pas tirer un avantage de la situation et il pensait qu'il n'aurait pas à le faire. Il considérait, comme presque tous ses hommes, qu'il y avait de bonnes chances de trouver le gouverneur Kampp dans ce ranch. Et si ce n'était pas le cas, Halls espérait que cette descente obligerait Salto à se découvrir.

Quand Halls et Murach arrivèrent devant le ranch des Redsand Estates, les hommes du SWAT étaient déjà en position. Leur présence signifiait que Halls allait devoir repasser la direction des opérations au commandant Anthony Stiles. La situation impliquait le gouverneur de l'Etat. Donc, c'était la police de l'Etat qui devait prendre les choses en main parce qu'ils étaient sous les ordres directs du gouverneur. En plus, le bataillon de Fédéraux que Brognola leur avait promis, il y avait un peu moins d'une heure, devait arriver bientôt.

Stiles était un grand type avec les yeux bleus et les cheveux gris. Ses lèvres étaient fines et son nez ressemblait au bec d'un faucon. Depuis une bonne minute, il regardait avec attention une carte étalée sur une table de campagne. Halls se demandait pourquoi il avait besoin d'une carte. Nom de Dieu, c'était un quartier résidentiel ultrachic. Il n'avait pas besoin d'une carte. « Laisse tomber », pensa Halls. Mais en approchant, il s'aperçut que ce n'était une carte du quartier mais un plan du ranch.

— Qu'est-ce qu'on a ? demanda Halls à Stiles aussitôt.

— J'ai disposé trois snipers de l'autre côté de la rue. Ils m'ont affirmé qu'ils avaient un bon angle de tir sur presque toute la propriété. Pareil pour la maison. C'est une architecture pseudo-mexicaine, donc il y a des pergolas, des portiques et des tas de trucs dans le genre.

— On sait à qui appartient la maison ?

Stiles haussa les épaules.

— Apparemment, l'endroit a été acheté et payé par la Principal Industry Investment, Inc. pour le compte de la Compagnie CEO qui appartient à un certain Roberto Gonzales.

Halls trouvait le nom familier, mais il n'arrivait pas à se souvenir pourquoi.

— Vous avez parlé à ceux qui sont à l'intérieur ?

— Pas encore. Je veux d'abord faire une reconnaissance dans le quartier. Interroger les habitants pour voir si nous pouvons obtenir d'autres renseignements.

— Je ne perdrais pas de temps, si j'étais à votre place, fit remarquer Halls. Si le gouverneur Kampp est là-dedans, je dis qu'il faut se sortir les doigts du cul et foncer. La situation pourrait vite tourner en eau de boudin si on attend trop.

— Peut-être, mais ce n'est pas forcément la meilleure solution, capitaine. Avec tout le respect que je dois à votre expérience, c'est moi qui commande cette opération et je n'ai pas l'intention d'envoyer mes hommes au casse-pipe sans avoir la moindre idée de ce que nous allons trouver.

Halls secoua la tête et leva les mains pour montrer sa défaite.

— O.K., j'oubliais, c'est votre show. Je me tais. Je me disais simplement que vous pourriez avoir envie d'entendre mon avis. Dans un pur esprit de coopération.

— C'est compris, capitaine. Je vous le répète, il n'y a pas d'offense. Et je le pense vraiment.

Stiles se frotta la nuque.

— Putain, si seulement on avait davantage de renseignements.

Halls ne savait pas quoi répondre à ça. Il aurait été satisfait d'être autorisé à participer aux opérations, mais la seule chose qu'il avait pu faire, c'était de dégotter un mandat. Ils laissaient les gros bills prendre les opérations en main et ça inquiétait Halls parce qu'il se sentait responsable des fuites. D'un autre côté, Stiles lancerait l'attaque quand il l'aurait décidé. Halls espérait simplement qu'il n'attendrait pas trop longtemps.

Le compte à rebours continuait.

CHAPITRE XV

John Udolf Grimaldi, alias Jack, venait juste de terminer l'inspection de son appareil quand il vit une silhouette familière s'approcher.

Grimaldi se mit à sourire alors qu'elle était encore assez loin de l'avion. Quand l'homme arriva devant lui, il tendit la main et ils échangèrent un shake-hand vigoureux. Les deux hommes se regardèrent droit dans les yeux pendant un moment. Bolan finit par hocher la tête en signe de remerciement. Grimaldi comprit son intention. Bolan était heureux de le voir, sans aucun doute. Mais, depuis le temps, il savait que son ami ne parlait pas beaucoup, d'une manière générale, et encore plus rarement de ses sentiments. Cela ne signifiait pas qu'il était insensible. Il était aussi sensible que n'importe quel être vivant. Ceux qui pensaient qu'il était déprimé et introverti se trompaient.

Bolan était un des hommes les plus sensibles que Grimaldi ait jamais eu le plaisir de connaître.

Depuis leur première alliance, sur le toit d'un casino de Las Vegas, Grimaldi avait appris à respecter Bolan plus qu'aucun autre homme de sa connaissance. En fait, Grimaldi en était venu à considérer les hommes du Ranch comme sa véritable famille, et Bolan comme une espèce de grand frère plus âgé et plus mûr. Le genre de grand frère protecteur qui vous prenait sous son aile. La présence protectrice de l'Exécuteur rassurait les gens autour de lui. Il redonnait confiance à toute l'équipe. Mais il exigeait aussi un respect sans faille.

Il y a longtemps de cela, Grimaldi avait fait partie de la mafia, et menait une vie sans honneur et sans respect. Mais sa rencontre avec l'Exécuteur l'avait transformé. Bien sûr, au début, il avait considéré Bolan comme son ennemi, mais ça n'avait pas duré. Grimaldi avait toujours plus ou moins su que la vie qu'il avait choisie n'était vraiment pas une vie. Que ce n'était pas à cela qu'il était destiné. Et c'était Bolan qui lui avait donné le courage de s'arracher à l'étreinte de la Pieuvre pour mener une vie plus bénéfique pour lui comme pour son pays.

Quand il pensait à cette période de sa vie, il n'éprouvait aucun regret d'avoir changé.

— Ça fait drôlement plaisir de te voir, chef, dit-il en tirant sur son cigare.

— Pareil pour moi, répondit Bolan. Merci d'être venu, Jack. Sincèrement.

— Tu as l'air complètement lessivé.

— C'est le cas.

Grimaldi lui donna une grande claque dans le dos et ils se dirigèrent vers l'avion.

— J'aimerais bien avoir de meilleures nouvelles à t'annoncer, mais il y a eu du nouveau.

Bolan fronça les sourcils.

— Ça n'a pas l'air très encourageant.

— Non. Le gouverneur, Elizabeth Kampp, a été enlevée.

— Quand ?

— Il y a quelques heures. Le Ranch a essayé de te joindre, mais ton portable doit être HS. Ils n'y sont pas arrivés.

Bolan lui fit un clin d'œil et sortit son téléphone, ou plutôt ce qu'il en restait, de sa sacoche. Il avait été réduit en miettes par une balle dans l'usine, pendant la fusillade contre les hommes des *Negros*. Il ne s'en était aperçu que quand il s'était changé.

S'il avait eu plus de temps, Bolan aurait pu attendre un sauf-conduit pour passer la frontière. Il ne pouvait pas se présenter au poste de douane en combinaison commando avec un assortiment d'armes diverses et un harnais chargé de munitions, cela risquait de poser des problèmes avec les représentants de l'autorité. Mais l'horloge tournait de plus en plus vite. Bolan avait été obligé de prendre un taxi pour retourner jusqu'à sa voiture, de passer des vêtements civils et d'aller enterrer toute son artillerie dans le désert avant de pouvoir traverser la frontière américaine.

Grimaldi s'empara du téléphone et le retourna. Il hocha la tête en faisant une grimace.

— Je ne crois pas que ça sera pris en charge par la garantie.

— Je ne crois pas non plus, rigola Bolan. Est-ce qu'on sait où peut être le gouverneur Kampp ?

— On a quelques pistes, mais rien de solide.

Une fois dans l'avion, Grimaldi afficha les informations envoyées par le Ranch sur l'ordinateur de bord. L'Exécuteur était assis en face de l'écran qui affichait une carte de la région de Nogales. Grimaldi se pencha par-dessus son épaule et lui indiqua une zone entourée d'un cercle rouge.

— Il y a une petite montagne à une quinzaine de kilomètres au nord-ouest de Nogales. Hector Casco y a fait construire une espèce de planque. Apparemment, il y a quelques années, un agent infiltré de la D.E.A. l'a signalé. Mais l'info a été classée par un gratte-papier quelconque et personne n'y a fait attention depuis. Hal pense que c'est là qu'il va aller se planquer.

— Est-ce qu'on dispose d'autres renseignements sur cet endroit ?

Grimaldi hésita et se gratta la nuque.

— Pas vraiment. Gadgets savait que ça t'intéresserait, il m'a demandé de t'avertir que Casco avait fait ériger un véritable château fort, au cas où les patrons du cartel de Sinaloa s'apercevraient de ce qu'il était en train de manigancer. Gadgets et Kurtzman ont surveillé les vols au départ de Phoenix et des environs. Il y a un jet, propriété d'une société privée, qui a décollé de Phoenix il y a environ deux heures. Mais il allait à Mexico et, si on en croit les ordinateurs de l'aéroport, il y est arrivé à l'heure prévue.

Bolan hocha la tête.

— Ça ne veut rien dire. Casco a le pouvoir et les moyens de faire dire ce qu'il veut aux ordinateurs de l'aéroport. Cet avion, c'est exactement ce que je cherchais. Nos deux petits génies ont fait du bon boulot.

— Alors tu crois que Casco a emmené le gouverneur à Mexico ?

— Non. Je crois qu'il est allé exactement là où les

gens du Ranch l'ont prévu. Il veut que nous croyions qu'il est allé à Mexico City.

— Ah.

— Jack, je crois aussi que nous n'avons pas beaucoup de temps pour agir. Il te faut combien de temps pour décoller ?

— Quelques minutes, répondit Grimaldi en se glissant sur son siège. J'ai déjà fait toutes les vérifications avant que tu arrives, donc je suis prêt. Laisse-moi le temps de m'assurer que la voie est libre et on décolle immédiatement.

— Parfait, répondit Bolan. J'appelle le Ranch.

Bolan regarda attentivement la carte et mémorisa rapidement la configuration des lieux autour du bunker de Casco. Il faudrait sans aucun doute sauter en HALO Jump. Ce qui ne poserait aucun problème, ni au pilote, ni à l'avion.

C'était un Gulfstream C-38A, la version militaire du G100. Il avait récemment été amélioré pour répondre aux exigences rigoureuses des équipes du Ranch. Il possédait une armurerie complète et une unité de soins d'urgence. Les deux étaient dissimulées derrière des cloisons mobiles. Il y avait aussi un équipement électronique complet ainsi qu'un système de brouillage utilisant la technique des fibres otiques, le tout intégré dans le fuselage. Le jet flambant neuf était équipé de deux réacteurs Honeywell TFE 731, avait une portée de trois mille miles nautiques et son plafond se situait à quarante-cinq mille pieds.

Bien sûr, Bolan n'aurait pas besoin de sauter à cette altitude. Dans les années soixante, l'U.S. Air Force avait développé une technique de saut en altitude. On sautait entre trente-cinq et vingt-cinq mille pieds mais on n'ouvrait son parachute qu'arrivé aux environs de deux mille pieds. Les HALO Jumps étaient très différents de tout ce qui se pratiquait dans les autres armées du monde. Le plus souvent, les parachutes s'ouvraient automatiquement, aussitôt après la sortie de l'avion, à environ mille cinq cents pieds. La chute durait alors moins d'une minute.

Bolan tapa un code sur l'ordinateur, brancha la webcam et quelques secondes plus tard il plongeait dans les adorables yeux d'Evangelista Preston.

— Hello, beau ténébreux, dit-elle. Tout va bien ? Nous…

— Désolé, je n'ai pas le temps. Les explications, ce sera pour plus tard. Je crois que vous avez raison pour Casco.

— Bien, j'espérais que tu serais d'accord avec nous.

— Il y a eu une demande de rançon ?

— Pas encore, répondit Preston.

Elle fronça les sourcils et ajouta :

— Franchement, je ne pense pas qu'il y en aura. Si c'est Casco qui a kidnappé le gouverneur, nos chances de la retrouver saine et sauve sont extrêmement minces. Il pourrait la tuer juste pour s'amuser.

Bolan secoua la tête.

— Je n'y crois pas. Je pense que Casco a un plan. Il va se servir d'elle comme il l'a fait avec tous les autres.

— Qu'est-ce que tu veux dire ?

— Casco n'est pas en train de fuir. Si c'est lui qui a kidnappé Kampp, et je crois que c'est lui parce que c'est son style, c'est qu'il a une idée derrière la tête. Je crois qu'il essaye de gagner du temps, par contre je ne sais pas quelles sont ses motivations.

— C'est peut-être une diversion, pour ralentir les opérations contre ses réseaux à Phoenix, suggéra Preston.

— C'est possible, mais il peut aussi essayer d'impressionner les chefs des cartels ; il essaye peut-être tout simplement de garder la main. Le gouverneur Kampp représente un sacré atout si on le joue au bon moment.

— En tout cas, quelles que soient ses raisons, j'imagine que ça ne modifie pas tes plans.

— Non, répondit Bolan. Je vais faire un saut en altitude sur son bunker. Je localise le gouverneur et je la sors de là le plus vite possible. J'ai aussi prévu de détruire le repaire de Casco, si j'ai le temps. Et Casco avec, si je le trouve.

L'écran devint noir et le visage de Preston fut remplacé par la trogne hirsute d'Aaron Kurtzman.

— Qu'est-ce que tu racontes, grand Sachem ?

— Salut, l'Ours. Tu as des informations pour moi ?

— Ouais. On vient juste d'apprendre que le capitaine Halls a investi la résidence de Casco dans les Redsands Estates. Il est accompagné par des équipes de la police de l'Etat et du Swatt. Apparemment, ils suivaient une prostituée nommée Claudia Pacorbo. Ça te dit quelque chose ?

Bolan commença par secouer la tête, puis la mémoire lui revint.

— Attends, je crois avoir entendu le capitaine Halls en parler. Elle avait été sérieusement rossée et quelqu'un lui aurait donné de l'argent pour quitter l'Arizona.

— Je n'ai pas entendu parler de tout ça. En fait, les flics l'ont suivie jusqu'à une maison qui est au nom d'un certain Rumaldo Salto, connu pour être un membre du cartel de Sinaloa et un proche d'Hector Casco.

— Qu'est-ce que ça a donné ?

— Une fusillade sévère et plusieurs blessés chez les flics. Heureusement sans gravité, répondit Kurtzman.

— C'est une bonne chose.

— Je t'ai gardé le meilleur pour la fin. La cerise sur le gâteau. Tu te souviens de ce que tu m'as dit sur Casco. Que c'était un véritable fantôme et que tout ce qu'on avait sur lui c'était une photo vieille de quinze ans.

— Ouais.

— Eh bien, c'est parce que depuis plus de dix ans, Casco vit aux Etats-Unis sous un faux nom. Il est connu sous le pseudonyme de Roberto Gonzales. Il possède une demi-douzaine d'entreprises légales, il a son permis de conduire et ses papiers, il est marié et il a deux enfants. Bien sûr, personne n'a jamais vu ses enfants parce qu'ils sont dans des écoles privées en Europe. Du moins, c'est ce qu'il doit prétendre. Et il doit aussi prétendre que sa femme est très casanière et qu'elle ne souhaite pas sortir.

— Et ce Salto ? demanda Bolan. Quel rôle joue-t-il dans tout ça ?

— Malheureusement, ou heureusement, ça dépend du point de vue qu'on adopte, Salto est mort. J'imagine qu'à l'heure qu'il est, il est étendu, raide comme la justice dans un casier réfrigéré de la morgue de Phoenix. Il a voulu se défendre quand les flics ont envahi la maison de Casco. C'est lui qui a perdu. Il paraît que c'est Joe Halls qui l'a eu.

— Est-ce qu'on a des nouvelles de Casco ?

— Non. Mais apparemment Pacorbo a reconnu avoir

été en contact avec lui. Elle a accepté de témoigner une fois que Casco aura été arrêté, en échange d'une protection et de l'immunité.

— Dis à Halls d'entrer en contact avec le procureur. Qu'il lui conseille de ne passer aucun accord avec elle. Pacorbo a eu sa chance et il est peu probable que Casco se laisse prendre vivant. Pas si j'ai mon mot à dire en tout cas.

— Je te fais confiance, mon ami.

— O.K. Je te rappelle aussitôt que j'ai retrouvé le gouverneur Kampp.

— Compris. Gadgets veut aussi que je te dise que le patron te félicite pour t'être investi dans ce coup pourri. On a carte blanche du moment qu'on ramène Kampp entière à sa famille.

Bolan acquiesça.

— Dis-lui que je ferai de mon mieux. Fin de transmission.

L'Exécuteur éteignit l'ordinateur et se dirigea vers l'armurerie. Il ouvrit un compartiment secret et tapa un code à quinze chiffres sur un clavier. Une cloison coulissa, révélant un véritable arsenal. Il y avait assez d'armes et de munitions pour envahir un pays de taille moyenne. Et c'était bien ce que Bolan avait espéré. La première étape consisterait à pénétrer dans la zone sans être repéré. En plus, il allait sauter dans le noir. Donc le timing serait crucial. Il ne devait pas se tromper au moment du saut. Mais avec Grimaldi aux commandes, ce n'était pas un problème. Bolan saurait exactement quand il devrait sauter. D'ici là, il pouvait se reposer.

Lors d'un HALO Jump, le parachutiste tombe tellement vite qu'il est presque impossible à repérer.

Certains détecteurs infrarouges peuvent détecter les parachutistes grâce l'échauffement de l'air mais il faut du matériel extrêmement sophistiqué et Bolan doutait que Casco ait pu se procurer un tel équipement. Une fois au sol, il n'aurait pas beaucoup de temps. Il faudrait entrer et ressortir le plus vite possible. La priorité était de retrouver Elizabeth Kampp vivante. Bolan avait du mal à admettre qu'il devrait s'occuper de Casco une autre fois. Probablement, même.

Bolan se débarrassa de ses vêtements civils et enfila une combinaison spéciale en Nylon rip-stop doublée de polypropylène pour le protéger du froid. Puis il enfila un casque pressurisé qui lui éviterait de s'évanouir à cause de la vitesse de la descente. Puis, il enclencha le réservoir d'oxygène pur qui était fixé dans le dos de sa combinaison. Il devrait respirer ce mélange pendant au moins trente minutes avant le saut pour expulser l'azote de son organisme et diminuer le risque d'accident de décompression pendant sa descente vertigineuse.

Tout en inhalant de l'oxygène pur, Bolan se mit à préparer ses armes.

Il décida de laisser son Beretta 93-R et ne prit que son Desert Eagle.44 Magnum. Il s'attendait à avoir besoin d'une grosse puissance de feu, mais il ne pouvait pas trop se charger non plus. S'il avait sauté à basse altitude, il aurait sans doute agi autrement. Il prit aussi une paire de MP-5, qu'il préféra à un fusil d'assaut, toujours pour des raisons de poids.

Ensuite, avec une certaine jubilation, Bolan prit quatre grenades Dielh DM-51. Il commençait à apprécier leur polyvalence. Il faut dire que les équipes du Ranch en faisaient bon usage. La DM-51 était fabriquée par une firme autrichienne. Elle était constituée d'un cylindre en plastique rempli d'explosif à haut pouvoir détonant. On pouvait lui ajouter une enveloppe remplie de billes d'acier ce qui fait qu'elle pouvait servir de grenade offensive ou défensive suivant les cas.

L'Exécuteur compléta son équipement par une sacoche contenant quatre pains de un kilo C4 et une poignée de détonateurs. Il avait assez de matériel pour semer la destruction et le chaos et protéger sa fuite avec le gouverneur Kampp. Le temps avait passé si vite durant ces préparatifs qu'il fut surpris quand il entendit Grimaldi l'appeler.

— Qu'est-ce qu'il y a, Jack ?

— Nous sommes au-dessus de la cible. Je crois que c'est le moment, Striker. Tu es prêt ?

— *Roger* ! Abaisse la rampe, je me mets en position.

La rampe en question était une petite écoutille située à l'arrière de l'appareil et que Bolan pouvait utiliser pour son HALO Jump. On ne pouvait pas se servir de la porte latérale de l'appareil parce qu'à cette altitude, une dépressurisation de la cabine affectait son comportement en vol. Il avait donc fallu modifier l'appareil. De cette manière, Bolan pouvait effectuer son saut sans avoir peur de heurter une aile et sans avoir besoin de dépressuriser toute la cabine.

— Je suis prêt, dit Bolan après avoir refermé l'écoutille derrière lui et abaissé la rampe.

— Bien reçu, répondit Grimaldi. Tu m'entends ?

— Cinq sur cinq.

— O.K. Cinq secondes… quatre… Trois… Prêt… *Go !*

Bolan se laissa glisser le long de la rampe. Malgré

son équipement spécial il sentit la morsure du froid. La condensation envahit sa visière. Elle disparaîtrait d'ici un petit moment il le savait et il ne s'affola pas d'être momentanément aveuglé. Comme il l'avait prévu, au bout d'une dizaine de secondes, la buée se dissipa et il put consulter l'altimètre fixé à son poignet. Les chiffres rouges sur son cadran lui donnaient des indications sur sa vitesse, son altitude, sa distance par rapport au sol et l'angle de sa chute. Un signal préprogrammé se déclencherait quand il atteindrait trois mille pieds.

Bolan profitait du paysage et savourait la sensation de l'air qui sifflait à ses oreilles à travers la protection de son casque. Les HALO Jumps étaient les moments les plus calmes dont il se souvenait. Pas de flingues, personne à secourir et en plus on coupait toutes les communications parce que le saut exigeait toute la concentration du parachutiste. On ne pouvait pas à la fois être concentré sur le sol qui s'approchait à grande vitesse et être dérangé par une voix qui vous aboyait dans les oreilles.

Mais ce moment durait peu. Au bout de deux minutes la lumière de son altimètre vira au jaune puis au vert. Bolan tira sur la commande de son parachute et se contracta en prévision de l'ouverture. Chaque fois, le choc manquait de lui arracher les épaules, mais cette violente secousse indiquait que l'ouverture s'était bien déroulée. Bola serra les lèvres et colla sa langue contre son palais pour ne pas se mordre sous la violence du choc.

Pendant les derniers mille pieds de chute Bolan put inspecter le périmètre. Il sourit intérieurement en voyant qu'il allait se poser à moins de deux cents mètres du bunker de Casco. Il n'était pas vraiment camouflé car Bolan pouvait apercevoir des lumières. Il n'y en avait pas beaucoup mais on les distinguait nettement malgré la protection des arbres. Bolan se concentra sur son atterrissage. Il savait que ses chances de trouver un endroit dégagé pour se poser étaient minces, mais la providence lui sourit.

L'Exécuteur se posa dans une clairière d'à peine soixante-dix mètres de diamètre. Il se posa en douceur, les genoux pliés en prévision de l'impact. Quand ses pieds touchèrent le sol, il se plia et se laissa rouler, la hanche, puis l'épaule. Il effectua un atterrissage parfait, comme il l'avait appris à l'entraînement, et comme il l'avait fait depuis, à de nombreuses reprises sur tous les champs de bataille du monde.

Malheureusement, la nature avait son mot à dire. Bolan grogna quand il sentit son flanc droit heurter quelque chose, sans doute un rocher qui affleurait du sol. La douleur irradia dans tout son corps. Avant même d'avoir achevé son mouvement et s'être redressé, Bolan sut qu'il s'était fracturé une ou deux côtes. Il se libéra de son parachute et mit un genou à terre. Il serra les dents pour résister à la douleur qui l'envahissait chaque fois qu'il respirait.

Au bout de quelques minutes, l'Exécuteur fouilla dans son sac et en sortit un paquet de pansements. Il le mit sur ses côtes cassées et le fixa solidement autour de sa poitrine pour les protéger. Puis, il enclencha la radio qui était incorporée à sa combinaison. Elle était réglée sur une fréquence spéciale directement à la radio du C-38.

— Striker à Eagle One.

Grimaldi répondit immédiatement.

— Eagle One, je te reçois, Striker.

— J'ai été un peu secoué à l'atterrissage.

— Tu es toujours dans la course ?

— Bien reçu. Tu te rends comme prévu à Lima Zoulou Gamma. Je t'y rejoindrai dans 90 minutes.

Ils s'étaient mis d'accord. Bolan libérerait le gouverneur et Grimaldi irait se poser sur une piste de fortune qui était utilisée par la D.E.A. et les policiers des stups mexicains. Elle se trouvait à deux kilomètres au sud du bunker de Casco, en pleine jungle. La piste avait été construite par le gouvernement mexicain quelques années plus tôt quand ils avaient réussi à démanteler un important réseau de trafiquants. C'est sans doute à cause d'une étrange nostalgie qu'ils l'avaient maintenue en état de marche. Il faudrait un certain temps avant qu'on s'aperçoive que Grimaldi l'avait utilisée. Avec un peu de chance, ils seraient déjà loin quand quelqu'un penserait à venir voir ce qui se passait.

Bolan essayait d'ignorer la douleur lancinante qui lui labourait les côtes. Il cacha son équipement de saut et se dirigea vers le bunker.

La pendule avançait toujours, c'était sûr. Mais maintenant, l'Exécuteur était à pied d'œuvre.

CHAPITRE XVI

Elizabeth Kampp n'arrivait pas à deviner l'endroit où on l'avait conduite.

Avant l'atterrissage, son ravisseur lui avait remis un bandeau sur les yeux et deux hommes l'avaient conduite sans ménagement jusqu'à un véhicule. Le trajet avait duré à peu près une heure. Une fois arrivés, ils l'avaient déshabillée et ne lui avaient laissé que son slip. Les hommes qui lui avaient retiré ses vêtements chuchotaient et se moquaient d'elle en espagnol. Ils ignoraient qu'elle parlait espagnol couramment et elle essaya de rester impassible pour ne pas se trahir quand elle les entendit parler de la violer.

Heureusement, l'homme qui avait été si cruel avec elle dans l'avion intervint et leur interdit formellement d'envisager une telle éventualité.

Kampp en fut soulagée, sans arriver à éprouver le moindre sentiment de gratitude envers son bourreau. Il voulait simplement la garder présentable. Comme une police d'assurance. Son cabinet refuserait de négocier sa libération s'ils pensaient un seul instant qu'elle était morte ou gravement blessée. L'espèce de maniaque banalement égocentrique qui l'avait kidnappée était de toute évidence un homme intelligent. Suffisamment pour savoir qu'il n'obtiendrait aucune considération du Gouvernement américain s'il laissait ses hommes abuser d'elle.

Ces pensées amenèrent une autre question. Qui était ce fils de pute ? A part un petit macho hispanique répugnant qui se prenait pour Napoléon ? Son visage ne lui disait rien. Il devait appartenir à un cartel mexicain parce qu'elle avait récemment fait un discours où elle prédisait l'arrestation imminente des kidnappeurs et des trafiquants de drogue qui infestaient la ville.

Les hommes qui avaient pris ses vêtements lui passèrent une tenue faite d'une étoffe rugueuse qui lui irritait la peau. Elle avait envie de se gratter et ça la rendait dingue parce qu'elle avait toujours ce bandeau sur les yeux et les mains liées derrière le dos. Elle se trouvait dans une espèce de cellule mais elle avait l'impression d'être à l'extérieur. Elle entendait les hurlements des animaux dans la jungle qui semblait toute proche. Quand elle était arrivée, elle avait été emmenée dans une partie du bâtiment équipée de l'électricité et de l'air conditionné.

Ensuite, on l'avait « préparée » avant de la jeter dans ce trou à rat humide et nauséabond. Kampp essayait d'entendre s'il y avait des gardes, mais sans succès. Elle n'entendait que le chant des oiseaux, le bourdonnement des insectes, ainsi qu'une cacophonie de cris et de hurlements qu'elle n'avait jamais entendus. La sueur recouvrait la moindre parcelle de son corps. Soudain, quelque chose se rompit en elle et elle fut submergée par la peur.

Kampp se raisonna, tentant de garder son calme. Elle voulait à tout prix éviter de s'endormir. Elle savait que ça lui aurait sans doute permis de recouvrer un peu de lucidité, mais elle ne voulait pas dormir les dernières heures de sa vie.

Elle essaya de se concentrer sur le pétrin dans lequel elle se trouvait. Quand elle avait commencé ses études de droit, elle avait suivi un cours optionnel sur les enlèvements. Au départ, elle avait pensé exercer dans un cabinet privé pendant quelques années avant d'intégrer la fonction publique. Et elle savait que cela lui permettrait d'approcher les riches politiciens en vue et leurs familles. Parce que ces familles, aisées et plus ou moins célèbres, étaient une des cibles favorites de ce genre de business. Tous ces gens auraient donc besoin d'une négociatrice expérimentée, parce que, le plus souvent, pour négocier les termes de la rançon, les familles s'adressaient à leur avocat plutôt qu'au F.B.I.

Kampp pensait que le nombre d'enlèvements dans Phoenix et son agglomération était largement sous-estimé. On ne pouvait comptabiliser que ceux qui faisaient l'objet d'une plainte. Kampp ignorait combien il y en avait réellement. Combien de familles avaient payé une rançon ou satisfait aux exigences des ravisseurs, sans rien dire à la police ? Elle ne pouvait pas vraiment leur en vouloir. La plupart des familles, même les plus riches, ne pouvaient pas réagir raisonnablement, comme elle était en train de le faire, face à son propre enlèvement.

Madame le Gouverneur savait que si la demande de rançon était faite directement à son mari, il ferait tout pour la faire libérer vivante.

Elle réprima violemment une soudaine envie de

hurler, pour se débarrasser de toute la tension qu'elle avait refoulée. Elle espérait que personne ne pouvait l'entendre… Elle ne voulait pas qu'ils croient qu'elle avait peur. Elle chassa de son esprit l'idée qui venait de la traverser. Elle ne reverrait peut-être jamais son mari ni ses enfants. Elle chassa aussi les images de la mort de Beau et de Marcus. Elle chassa aussi de son esprit le souvenir de tous les citoyens qui lui avaient fait confiance, quand elle avait affirmé qu'il n'y avait rien à craindre.

Quelle connerie !

De toute façon, ça n'avait plus aucune espèce d'importance. Elle se disait que ses ravisseurs n'avaient pas l'intention de la laisser en vie. Finalement, sa peur s'estompa pour laisser place à la haine. Elle haïssait l'enfoiré d'assassin qui avait tué deux de ses meilleurs collaborateurs.

Elle repensa à sa famille. Elle se demandait si eux aussi avaient été enlevés. Ses ravisseurs seraient en bien meilleure position pour négocier s'ils détenaient plusieurs membres de la famille. Kampp chassa cette idée. Elle était convaincue d'être la pièce maîtresse de leur jeu. La seule et unique.

Elle se mit à réfléchir à ce qu'elle pourrait faire. Elle pouvait faire semblant d'être malade, attendre qu'ils viennent voir et tenter de s'échapper. Elle chassa aussitôt cette idée. *Tu n'es pas à la télé, Liz. Et tu n'es pas un putain de James Bond*. Elle réfléchit à d'autres plans, tous plus délirants les uns que les autres, jusqu'à ce qu'elle admette que c'était tout à fait futile. Elle n'irait nulle part.

Soudain elle entendit un bruit. Quelque chose qui

ressemblait à un homme qui se déplace furtivement. Kampp retint sa respiration. Son cœur battait à tout rompre. Elle se reprit et s'obligea à respirer, lentement et profondément, pour faire redescendre son rythme cardiaque. Qu'est-ce que c'était ? Un grattement ? Etait-ce un animal qui reniflait à l'extérieur de sa prison ? Un animal dangereux ? Ils l'avaient peut-être laissée là pour qu'un lion ou un fauve quelconque vienne la dévorer. Ils avaient peut-être imprégné ses vêtements d'un produit qui attire les bêtes de la jungle.

Oh ! Reprends-toi, Liz, *ton imagination te joue des tours.*

Sans doute, mais le bruit était bien réel et elle n'arrivait pas à comprendre ce que c'était. Le bruit recommença, sur un rythme plus rapide, presque effréné, mais toujours régulier. Elle ne pouvait même pas être sûre que ce n'était pas une hallucination. Et même si ce bruit était bien réel, elle ne pouvait être sûre de sa signification.

Kampp fit donc la seule chose qui lui restait.

Ecouter et attendre.

Et brusquement, avant qu'elle ait eu le temps de réagir, elle sentit une main se plaquer sur sa bouche, entendit une voix murmurer :

— Gouverneur Kampp, ne criez pas. Je suis ici pour vous aider.

Bolan venait de finir de scier les cordes que les hommes de Casco avaient utilisées pour construire cette espèce de cellule. Quand il était arrivé sur la zone, il avait rapidement exploré les environs. C'est comme ça qu'il était tombé sur cette espèce de prison de fortune. Bolan avait déjà vu souvent des boîtes de ce genre. Elles ont un impact psychologique sur les prisonniers qui sont exposés à la chaleur, aux insectes et à tout ce qui traîne dans la jungle. Elles sont aussi une mesure de sécurité. Si quelqu'un tente de libérer le prisonnier, il commencera par fouiller la maison. Comme cela, Casco et ses hommes auraient le temps de venir récupérer leur précieuse cargaison.

Ce qu'ils n'avaient pas prévu, c'est que l'Exécuteur n'était pas n'importe qui. Il avait déjà joué à ce jeu bien des fois. Suffisamment pour avoir acquis une sorte de sixième sens qui lui permettait de prévoir les mouvements de ses ennemis. Le Guerrier connaissait tous les trucs tordus. Il n'aurait pu survivre aussi longtemps sans cela. Il ne lui avait pas fallu longtemps pour se dire qu'il devait chercher le gouverneur dans l'endroit le plus improbable.

Bolan n'avait pas dit un mot jusqu'à ce qu'il soit sûr que c'était bien elle à l'intérieur. Il voulait la peau de Casco, et il ne l'obtiendrait jamais s'il révélait trop tôt sa présence à Kampp. Malgré cela, il s'était mis au travail et s'était attaqué aux cordes qui avaient servi à assembler les poteaux de bois. Les dents sur le dos de la lame de son KA-BAR étaient un peu grosses pour ça mais il ne voulait pas prendre le risque d'abîmer le fil de la lame contre le bois de la prison. Il sciait donc les cordes patiemment jusqu'à ce qu'elles cèdent.

Il lui avait fallu plus de cinq minutes pour couper assez de cordes et s'ouvrir un passage dans la cloison. Il avait retiré son harnais et s'était glissé dans l'ouverture. Kampp était assise à l'autre bout de la cellule. Il s'était glissé jusqu'à elle et avait posé doucement la main sur sa bouche.

— Gouverneur Kampp. Ne criez pas, je suis ici pour vous aider.

Kampp s'immobilisa et Bolan retira sa main.

— Qui êtes-vous ?

— Disons que je suis la cavalerie.

— Vous… Vous mentez.

— Non, répondit Bolan. Comment est-ce que je peux vous le prouver ?

— Si vous êtes celui que je crois, dites-moi le nom du type du ministère de la Justice qui m'a appelée ce matin.

— Brognola.

— Donc vous le connaissez ?

— Aussi bien que je me connais moi-même. Ça vous suffit ?

Il distingua son sourire malgré l'obscurité.

— Largement. Si jamais nous sortons vivants de ce merdier, j'ai deux ou trois questions à vous poser sur les fusillades à Phoenix.

— Je verrai ce que je peux faire, grogna Bolan. Maintenant écoutez-moi bien. Je vais vous laisser ici.

— Hein ?

— Vous devez comprendre que j'ai un ou deux comptes à régler avec l'homme qui vous a enlevée. Et ce n'est pas négociable. Il doit payer pour tous les crimes qu'il a commis, enlèvements, trafic de drogue, la liste est longue. Et j'ai décidé qu'il devait payer ici et maintenant.

— Votre premier devoir est de me libérer, plaida-t-elle.

— Sauf votre respect, gouverneur, ce n'est pas vous qui décidez. C'est moi.

Après un silence, il ajouta :

— Et baissez d'un ton, sinon nous allons nous faire descendre tous les deux.

— Donc, vous allez m'abandonner et me laisser me débrouiller toute seule.

Bolan ne dit rien. Il coupa ses liens et lui retira son bandeau. Elle cligna des yeux un moment et dévisagea Bolan. Il attendit qu'elle ait achevé son inspection.

— Je vous ai libérée. Si vous voulez, vous pouvez vous enfuir. Mais je doute que vous alliez bien loin de nuit dans la jungle.

Bolan se demanda ce qu'il pouvait faire pour la rassurer.

— Gouverneur Kampp, est-ce que vous vous êtes déjà servie d'une arme à feu ? demanda-t-il au bout d'un moment.

— J'ai souvent accompagné mon père au stand de tir.

Bolan fit un signe de la tête et prit un de ses deux MP-5K. Il l'arma et le lui tendit.

— Voici un pistolet-mitrailleur MP-5K, calibre 9 mm. Avec un chargeur de trente cartouches. Si vous visez quelqu'un, appuyez rapidement sur la détente pour envoyer des rafales courtes. Ne tenez jamais la détente appuyée, vous videriez votre chargeur en un clin d'œil.

— Et alors ?

Bolan fronça les sourcils.

— Alors, si vous n'avez pas tué vos adversaires, vous êtes morte.

Malgré l'obscurité, Bolan vit le gouverneur pâlir.

— J'ai compris.

— Restez tranquille. Je serai de retour dans quelques minutes et alors je vous ramènerai chez vous. C'est compris ?

— Je ne veux pas rester seule ici. J'ai peur.
Bolan essaya de sourire.
— Je vous comprends, gouverneur, n'en doutez pas.
— Je crois que je préférerais que vous m'appeliez Elizabeth. Je ne me sens pas tellement gouverneur pour l'instant. Et comme je vous dois probablement la vie, je crois que nous pouvons oublier le protocole.
— Je m'en souviendrai. Mais une chose est sûre, rien ne pourra s'arranger à Phoenix, pas tant que ce type sera en vie.
— Mais qui est-il ?
— Je vous expliquerai plus tard, répondit Bolan. Maintenant, il faut que j'y aille.

L'Exécuteur se redressa et sortit de la cabane. Il reprit son harnais et se dirigea vers le bâtiment principal en se tenant à couvert sous les arbres. Il était parvenu à une cinquantaine de mètres de la maison. Une distance respectable à franchir à découvert, même dans l'obscurité. Il serait complètement exposé et totalement vulnérable. Et la distance ne comptait pas.

Il inspecta les alentours aussi loin que le permettait l'obscurité et se rua hors de l'ombre protectrice des arbres. Il piqua un sprint et traversa l'espace libre sans être repéré. Il atteignit la maison et se plaqua dos au mur. Le mur en adobe était encore chaud du soleil de la journée. Il se mit à transpirer, son treillis de coton lui collait au corps.

L'Exécuteur commençait à chercher les meilleurs endroits pour placer ses pains de C-4 quand quelque chose attira son attention. Un bruit qu'il avait souvent entendu, un bruit qui faisait dresser les cheveux sur la tête. Une boule de peur se forma dans son ventre.

Elle irradiait dans tout son corps, des doigts jusqu'aux orteils, comme une série de décharges électriques.

Oh oui ! Il connaissait ce bruit !

Le grognement d'un chien d'attaque.

CHAPITRE XVII

Bolan s'immobilisa.

Le grognement sourd et continu semblait venir de derrière lui. L'Exécuteur tourna lentement la tête. Il distingua un énorme doberman pinscher avec des taches marron clair sur les pattes et le museau. Ses oreilles étaient couchées et tout son corps tendu, prêt à s'élancer. Il planta ses yeux dans ceux du Guerrier et son grognement devint plus menaçant.

Bolan déplaça lentement sa main jusqu'au Desert Eagle qui pendait à sa hanche. Il fallait qu'il arrive à défaire la patte de sûreté et à prendre l'arme avant que le chien ne s'élance. Il n'avait pas droit à l'erreur; il dégagea la crosse de son arme.

En un éclair le chien fut sur lui. Instinctivement, il visait directement la gorge de l'Exécuteur. Bolan savait que la pauvre bête ne faisait que ce que les hommes lui avaient appris. C'est pour cela qu'il ne tuait jamais un animal sans y être obligé. Heureusement, ce ne serait sans doute pas le cas aujourd'hui. Bolan leva son bras pour se protéger. Les mâchoires du doberman se refermèrent sur son avant-bras. Les crocs se plantèrent dans sa chair et le sang se mit à couler. Bolan ignora la douleur, il valait mieux une morsure au bras que d'avoir la gorge déchiquetée. Le Guerrier pivota sur lui-même et se laissa tomber. Il entraîna le chien dans sa chute et le plaqua au sol. La violence du choc obligea la bête à lâcher prise. Bolan enchaîna immédiatement par un coup de crosse sur le crâne. Il frappa encore une ou deux fois, jusqu'à ce qu'il soit sûr que l'animal était assommé.

Il se releva enfin, essoufflé et ensanglanté mais content d'être encore en vie. Il examina son bras. La manche de son treillis était déchirée mais rien de grave. Par contre elle était complètement imbibée de sang et Bolan se demanda si le chien n'avait pas touché une artère. Il prit un autre paquet de pansements et banda fermement son avant-bras. Puis, il regagna sa position et s'accorda un moment de répit. Miraculeusement, le bruit n'avait attiré personne. Ils devaient tous être à l'intérieur, en train de picoler et de se féliciter de leur victoire.

Bien. L'Exécuteur allait participer à la fête. Il allait leur fournir un joli feu d'artifice.

Bolan fit le tour de la maison jusqu'à ce qu'il tombe sur un coffret d'alimentation électrique. Il fit sauter le loquet avec son KA-BAR et déposa un pain de C-4 au fond de la boîte. Il planta un détonateur télécommandé et referma le coffret. Puis il continua son exploration jusqu'à ce qu'il trouve une entrée de service à l'arrière du bâtiment. Il était vraiment étonné que Casco ait fait construire un tel bunker et qu'il n'y ait pas de sentinelles. Il devait vraiment se sentir en sécurité, caché au milieu de nulle part. Il devait probablement se figurer que personne ne connaissait cet endroit, à l'exception de quelques privilégiés. Quant à la police de Phoenix, elle ne savait même pas que c'était lui qui avait enlevé le gouverneur Kampp. Pour Casco, sa couverture tenait toujours. Il était toujours Roberto Gonzales, un homme affable, impliqué dans de nombreuses associations.

Mais il ne pouvait pas échapper à Bolan. Et l'Exécuteur s'apprêtait à faire voler en éclats toute cette mascarade.

Ricardo Preciado ouvrit sa quatrième Tecate et jeta la capsule sur la table.

— Vas-y mollo, *Vato*, lui dit Rico Cazuela. Tu sais ce qu'a dit Hector. Il ne veut pas qu'on se bourre la gueule. On va avoir besoin d'avoir les idées claires pour surveiller Kampp jusqu'à ce qu'Hector ait réglé la situation.

Preciado but une longue gorgée et reposa bruyamment sa canette sur la table en faisant claquer ses lèvres.

— Relax, Rico, relax. T'es trop tendu, mec. Je sais ce que je fais. Le patron est au lit, il n'y a personne dehors, nous sommes seuls. Tu comprends ?

— Je comprends.

Il commença à distribuer les cartes. Au milieu de la table, un pot d'environ deux cents dollars attendait le vainqueur.

— Simplement, je serai soulagé quand on aura pu se débarrasser de cette *puta* et qu'on sera retournés dans des endroits plus civilisés. Cette maison au milieu de la jungle, ça me rend fou. Je suis un animal social. J'ai besoin d'avoir du monde autour de moi.

Preciado éclata de rire.

— Et depuis quand ?

Cazuela se tut et lui lança un regard mauvais avant de ramasser ses cartes et de regarder ce que la fortune lui avait réservé.

Aucun des deux hommes n'entendit la fenêtre de la pièce d'à côté s'ouvrir. Ils ignoraient tous les deux qu'ils allaient bientôt se retrouver nez à nez avec l'homme que certains considéraient comme le plus dangereux sur terre.

Le Guerrier franchit la porte-fenêtre du patio. A sa grande surprise elle était ouverte. Ce soir, la négligence était la meilleure alliée de l'Exécuteur. Son Desert Eagle au poing, il pénétra dans la pièce, se plaqua dos au mur et inspecta autour de lui.

Il s'arrêta en entendant des voix qui venaient de la pièce voisine. D'où il était, Bolan pouvait voir que c'était la cuisine. Il attendit un instant pour s'assurer que les hommes qui s'y trouvaient ne l'avaient pas entendu. Puis il plaça un nouveau pain de plastic dans un des coins de la pièce.

Quand la charge fut en place, Bolan se dirigea vers une porte qui semblait mener vers le reste de la maison. Elle donnait sur un couloir. Bolan ouvrit une autre porte qui donnait sur une vaste pièce haute de plafond qui servait de vestibule. Les lumières étaient éteintes, à l'exception d'une petite lampe placée sur une table à côté de la lourde porte d'entrée. Bolan tourna la tête et vit un escalier et entreprit de le monter, lentement. A sa grande surprise, les marches ne grinçaient pas. Il arriva au premier étage.

Il déboucha sur une large galerie qui dominait tout

le vestibule. L'ensemble était décoré dans le style mexicain. Des toiles aux couleurs vives étaient accrochées aux murs.

Bolan entendit le bruit derrière lui une fraction de seconde trop tard. Il sentit un bras s'enrouler autour de sa gorge et le tirer violemment en arrière. Il eut immédiatement la respiration coupée. Il se maudissait de s'être laissé surprendre aussi facilement. Mais il se ferait des reproches plus tard. Pour l'instant, il devait se débarrasser de ce problème avant de perdre connaissance. La pression sur sa gorge était forte, mais Bolan n'avait pas l'impression que son adversaire était si costaud que ça. Il tourna violemment la tête pour alléger la pression sur sa trachée artère et balança un grand coup de talon dans le tibia de son attaquant. En même temps, il glissa sa main entre son cou et le biceps de son adversaire.

Cette manœuvre obligea le pourri à lâcher prise. L'Exécuteur lui décocha un violent uppercut. Le coup était si puissant que son adversaire, qui était bien plus petit que lui, fut soulevé du sol et finit sa course dans une vitrine qui explosa littéralement. Le bruit allait certainement alerter les deux hommes qui se trouvaient dans la cuisine et c'est justement ce que Bolan aurait voulu éviter. Il lui restait moins d'une minute pour régler son compte à son adversaire avant que tous les gardes de la maison, quel que soit leur nombre, ne lui tombent dessus.

L'homme se releva et un couteau apparut dans sa main, comme par magie. Bolan se mit en position de défense, l'homme s'avança vers lui. Dans la pénombre de la galerie, il arriva enfin à distinguer le visage de son adversaire. Il était certain qu'il s'agissait d'Hector Casco en personne. Il décida donc de jouer le tout pour le tout.

— C'est la fin, Casco.

— Donc, tu sais qui je suis, répondit Casco. Moi aussi, je sais qui tu es.

Il fit un bond en avant et essaya de frapper Bolan au ventre. Mais ce n'était qu'une ruse pour essayer de le faire reculer. Bolan ne tomba pas dans le panneau. Il fit un pas de côté et reprit sa position.

— Tu es rapide, *Diablo en Negro*. Mais tu n'es pas invincible. Je sais ce que tu as fait à José Carillo. Mais moi, tu ne m'auras pas. Parce que je suis un visionnaire.

— Non, répliqua Bolan. Tu n'es qu'un boucher. Un prédateur, une tumeur qu'il faut éliminer du corps social. Et moi, je suis le chirurgien.

Le visage de Casco s'empourpra. Il chargea comme un taureau furieux, essayant d'égorger Bolan. Le Guerrier attendait une ouverture, et il venait de la trouver. Il feinta et balança un coup de pied fouetté dans la rotule de Casco. Le genou céda et le bruit se répercuta dans tout le hall. Casco hurla. Bolan attrapa son poignet au vol et le tordit, détournant la lame de son cou. Il pivota sur son pied gauche et décocha un puissant coup de coude dans la tempe de Casco. Le couteau glissa de ses doigts, Bolan le rattrapa au vol. Il renversa Casco sur la balustrade de la galerie, du plat de sa main gauche, il repoussa sa tête en arrière et plongea la lame dans son cou, juste en dessous du menton. La lame traversa la langue, le palais et les sinus et pénétra dans le cerveau.

Les yeux de Casco s'écarquillèrent et il rendit son

dernier souffle. Son corps se raidit. Bolan le lâcha et le cadavre s'affaissa avec un bruit sourd.

Comme prévu, Bolan entendit aussitôt des bruits de course dans l'escalier. Les renforts arrivaient. Malheureusement pour eux, Bolan était prêt à les accueillir. Quand ils arrivèrent sur la galerie, il donna la parole à son MP-5K.

Il balança une courte rafale qui projeta le premier homme sur celui qui le suivait. Les deux tueurs roulèrent dans l'escalier. Arrivé au milieu, le cadavre se bloqua dans la rambarde.

Le deuxième mercenaire des *Negros* atterrit sur le sol et se redressa avec une vitesse surprenante. Il chercha à dégainer son arme qui se trouvait dans un holster sous son aisselle.

Bolan le neutralisa d'une rafale. Il balaya le corps de l'homme avec le canon de son arme le transperçant d'une douzaine de projectiles. Plusieurs balles touchèrent le pourri à la tête et son crâne explosa. Le sang qui coulait de ses blessures formait une large mare qui détrempait rapidement le tapis du vestibule.

L'Exécuteur descendit l'escalier à fond de train et se mit en position. Il était prêt à toutes les éventualités. Mais il n'y avait que le silence. A chaque seconde qui s'égrenait, Bolan se demandait s'ils n'étaient pas en train de lui tendre un piège. Finalement, le Guerrier décida d'inspecter toute la maison mais il ne trouva personne. Pour une raison quelconque, Casco n'avait pas jugé nécessaire de s'entourer d'un grand nombre d'hommes. Il avait enlevé le gouverneur de l'Arizona et, aveuglé par son orgueil, il n'avait pas su protéger sa précieuse cargaison.

Casco avait commis l'erreur tactique la plus grave pour un combattant : il avait sous-estimé son ennemi.

Bolan plaça rapidement les pains de C-4 qui lui restaient dans différents endroits stratégiques de la maison. Puis il sortit et, au moyen de son émetteur, déclencha les détonateurs.

Il y eut une explosion assourdissante. Une boule de feu se forma et le souffle de l'explosion fit voler toutes les vitres en éclats. Puis ce fut le tour de la cuve de fuel et du générateur. Et les flammes insatiables achèveraient de dévorer ce qui restait du royaume d'Hector Casco.

L'Exécuteur retourna aussi vite que possible rejoindre le gouverneur Kampp.

— Après toutes ces explosions, je me demandais si vous alliez revenir.

Elle montra les flammes qui ravageaient ce qui restait de la maison de Casco.

— C'est terminé ?

Bolan la regarda droit dans les yeux.

— C'est terminé.

EPILOGUE

— Je ne suis pas sûr de croire à vos explications, Brognola, dit le capitaine Halls. D'abord nous recevons un appel anonyme de l'aéroport qui nous avertit que le gouverneur Kampp est saine et sauve. Ensuite, le prétendu Cooper se volatilise. Et pour finir vous m'annoncez que l'affaire est classée.

— Il va falloir vous contenter de ça, répondit le numéro Un du *Justice Department*. Et ne comptez pas sur moi pour vous présenter des excuses.

— Et qu'est-ce que vous voulez que je dise à la presse ?

— Ecoutez, nous vous avons ramené le gouverneur en vous fournissant une histoire plausible. C'est vous qui allez en retirer toute la gloire. Ça ne devrait pas être mauvais pour votre carrière.

— Sans doute, mais il n'y a pas que la presse à qui je dois des explications. J'ai des supérieurs. Le chef de la police, le maire. Ils me posent une foule de questions et je n'ai aucune réponse à leur fournir.

— Vous avez quand même quelques amis dans les services du gouverneur Kampp, dit Brognola. Elle-même pense que c'est grâce à vous, si Cooper est venu la sauver. Prenez votre téléphone et demandez-lui de vous faire une fleur.

— Et c'est tout ?

— Vous avez fait du bon boulot, Halls, reprit Brognola. Vous êtes un bon flic et vous pouvez être fier de vous. Mais il y a encore pas mal de criminels dans les rues de Phoenix. Vous êtes sur la bonne voie pour mettre fin au bal des dealers que les cartels ont organisé dans votre ville. Ça devrait vous rendre optimiste. Mettez la pression sur ceux qui restent.

Halls soupira.

— Je suppose que c'est effectivement le plus important. J'ai quand même la sensation de me faire entuber.

— Ce n'est pas le cas, répondit Brognola. Vous êtes de nouveau le patron dans votre ville. Croyez-moi ou non, mais je peux vous garantir que vous n'entendrez plus parler de moi. Sauf si c'est vous qui m'appelez. Cooper a largement commencé le boulot. Maintenant, c'est à vous de prendre le relais.

— Compris. Quand vous verrez Cooper, faites-lui passer un message de ma part.

— Lequel ?

— Remerciez-le. D'avoir respecté sa part du marché.

— D'accord ! Je suis sûr que ça lui fera plaisir.

Le capitaine Joseph Halls raccrocha le téléphone et se tourna vers la fenêtre de son nouveau bureau, situé dans le palais du Gouvernement.

Il avait été nommé officier de liaison auprès du gouverneur. Ses nouvelles fonctions lui donnaient le pouvoir de contrôler l'action des forces de l'ordre dans tout l'Etat et plus seulement à Phoenix et son agglomération. Il dépendait toujours des services de police, il n'était pas question de renoncer à sa retraite après seize années de service actif, mais il avait un meilleur salaire et, surtout, il avait beaucoup plus d'autonomie.

Halls repensa à ce que Brognola lui avait dit. Il se demandait si Cooper aurait son message. Il ne pouvait s'empêcher d'admirer ce putain de type. Cooper avait réussi, là où une armée de flics surentraînés avait échoué. Mais en plus, il avait appris à Halls comment prendre ses distances avec les règles de la bureaucratie. Il avait aussi appris qu'il fallait beaucoup d'intelligence et de compétence pour arriver à penser comme l'ennemi. C'est pourquoi il avait commencé à mettre en place un système de liaison entre les services de police du gouverneur, le F.B.I. et les shérifs des grandes villes de l'Arizona.

La sonnerie du téléphone le fit sursauter. Il commença à râler et décrocha.

— Capitaine Halls à l'appareil.
— J'ai eu votre message.
— Cooper ?
— Ouais.
— Ça alors, je viens juste de parler au numéro Un. Mais vous le savez probablement déjà. Vous deviez même écouter la conversation.
— ...
— Ecoutez, Cooper, je voulais vous dire... Que... Je voulais vous remercier pour ce que vous avez fait. Le gouverneur n'arrête pas de demander de vos nouvelles. Elle veut savoir si j'ai entendu parler de vous.
— Transmettez-lui mes amitiés.
— Brognola m'a dit que nous n'aurions plus l'occa-

sion de vous rencontrer. Ni lui d'ailleurs, à moins que ce ne soit moi qui l'appelle.

— Vous avez commencé à redresser la tête, Halls. Vous n'aurez plus besoin de nous.

— Ouais, j'imagine que c'est comme ça.

— J'en suis persuadé, reprit Bolan. J'ai entendu parler de ce que vous voulez mettre en place pour coordonner l'action des différents services. C'est un bon départ.

— Ouais, sans doute. Mais une douzaine d'emmerdeurs dans votre genre nous serait bien utile aussi.

— Vous les trouverez. Il y a des tas d'hommes et de femmes bien. Il suffit de les chercher.

— Peut-être. Mais je me sentirais plus détendu si vous étiez encore dans les parages.

— Qui sait ? Vous allez peut-être me voir débarquer un de ces jours.

— Vous reviendrez si je vous appelle ?

— …

— Au fait, le gouverneur m'a chargé de vous transmettre un message au cas où… Elle vous fait dire que sa porte sera toujours ouverte, tant qu'elle occupera le siège de gouverneur. Et c'est pareil pour moi.

— C'est noté. Il faut que j'y aille.

— O.K. Rendez-vous à la prochaine guerre.

Le Guerrier éclata de rire.

Mais le combat de Mack Bolan continue...

Le dealer tourna la tête en levant son poing vers la silhouette penchée sur lui, et son index enfonça la détente.

Et rien.

Rien qu'un déclic. Ridicule. Instinctivement, l'index du jeune voyou pressa de nouveau la détente, produisant le même petit son métallique. Au centième de seconde, Rico Trappa comprit. Barillet vide. Ce salaud avait trouvé sa planque et avait vidé le barillet. Au centième de seconde suivant, il vit l'orifice de l'arme de l'inconnu. Tout petit trou noir, braqué entre ses yeux. L'instinct de survie et les réflexes du boxeur propulsèrent son bras gauche en barrage, chassant l'arme de côté, tandis que son poing droit fulgurait vers la face penchée sur lui. Dans le dixième de seconde suivant, il fut surpris par deux choses. L'absence de coup de feu de l'adversaire, et le vide dans lequel son poing s'enfonça. Le salaud avait esquivé. Les réflexes du dealer intervinrent, et s'ouvrant au passage, sa main droite empoigna le col du type, l'attira à lui d'une puissante traction, qui eut pour effets conjugués de faire basculer l'inconnu sur sa droite, tout en lui permettant de se redresser en partie. Un mouvement qui le fit pratiquement basculer sur son agresseur, lui-même empêtré entre la cuvette des toilettes de la salle de bains et le mur. A cet instant, Rico Trappa fut certain de gagner la partie. Au moins aussi lourd, aussi fort, mais aussi plus jeune que l'inconnu, il envoyait de nouveau son poing vers la face adverse toute proche, quand une douleur atroce cisailla sa cuisse gauche. Une douleur si intense, que tout mouvement de défense lui fut instantanément impossible. Figé en suspens, son poing droit refusait toute attaque, et dans le même temps, il sentit la douleur de sa cuisse remonter dans son aine, puis fulgurer dans son abdomen, lui coupant brutalement la respiration. L'impression d'être broyé par l'acier d'une tenaille géante. Compression du nerf fémoral. Insupportable. Bouche ouverte sur un cri muet, sans comprendre pourquoi l'arme du type ne crachait toujours pas son feu mortel, il essayait de se dégager, quand un vacarme s'éleva dans son dos. Le claquement d'une porte, des pas précipités, une exclamation étouffée, et soudain, une succession de « flops » étouffés.

Mack Bolan venait d'occire proprement les deux pourris qui, croyant trouver le dealer seul dans son taudis, s'étaient heurtés à une triple rafale silencieuse du fidèle Beretta 93-R de l'Exécuteur.

Lisez
Les chirurgiens de la n'dranghetta
en vente partout
le 4 juin 2013

Désormais, la vengeance s'écrit aussi au féminin...

Qui est Kira Bolan ? La fille de Mack, l'Exécuteur, bras armé de la vengeance contre la Mafia depuis plusieurs décennies ? Une aventurière sortie de nulle part, enfant perdue, jouet de l'organisation Arkangel, qui utilise ses talents informatiques et ses compétences en sport de combat ? Espionne, agent secret d'une puissance inconnue ? Ces questions demeurent pour l'instant sans réponse, mais son alliance avec Mack Bolan et leurs liens filiaux construits mission après mission en font un duo de choc contre les nouveaux criminels, au service de la justice. Une justice aveugle, brutale, meurtrière.

Kira n°4 : Crisis

Disponible dès le **7 mai 2013**
dans vos points de vente habituels.

Achevé d'imprimer en mars 2013

La Flèche

— N° d'imprimeur : 70834 —
— N° d'éditeur : Ex. 306 —
Dépôt légal : avril 2013.

Imprimé en France